冰心

儿童图书奖获奖作家作品

寻找生命的黄金

品味人间亲情　感知世间冷暖
点燃生活激情　实现文学梦想

尹全生 编

成都时代出版社
CHENGDU TIMES PRESS

图书在版编目（CIP）数据

寻找生命的黄金 / 尹全生编 . -- 成都 : 成都时代
出版社, 2014.9（2018.5 重印）
（冰心儿童图书奖获奖作家作品）
ISBN 978-7-5464-1285-6

Ⅰ . ①寻… Ⅱ . ①尹… Ⅲ . ①小小说 – 小说集 – 中国
– 当代 Ⅳ . ① I247.8

中国版本图书馆 CIP 数据核字 (2014) 第 226473 号

寻找生命的黄金
XUNZHAO SHENGMING DE HUANGJIN

尹全生 编

出 品 人　石碧川
责任编辑　李　林
责任校对　许　延
装帧设计　欧阳永华
责任印制　唐莹莹

出版发行　成都时代出版社
电　　话　（028）86621237（编辑部）
　　　　　（028）86615250（发行部）
网　　址　www.chengdusd.com
印　　刷　北京一鑫印务有限责任公司
规　　格　710mm×1000mm　1/16
印　　张　12
字　　数　220 千
版　　次　2014 年 11 月第 1 版
印　　次　2018 年 5 月第 2 次印刷
书　　号　ISBN 978-7-5464-1285-6
定　　价　23.80 元

目　录

蔡楠卷

金月亮   3

响马盗   6

1858年的歧口   9

存在的另一种方式   12

鱼图腾   15

秋风台   18

断魂筑   21

易水殇   24

双面谍   27

元妃荷   30

静修院   34

忠魂补   37

岸上鱼   40

焚　船   43

熏　鱼   46

马涛鱼馆   49

芦苇花开　　　　　　　52

两个人的好天气　　　　55

我爹长在果园里　　　　58

乡思红　　　　　　　　61

1963年的水　　　　　　64

无鸟之城　　　　　　　66

亦农卷

刀客侯七　　　　　　　71

母爱力量　　　　　　　74

储蓄密码　　　　　　　77

许老怪　　　　　　　　80

小民老师　　　　　　　82

福　娃　　　　　　　　84

乡间渔事　　　　　　　86

村女沐浴图　　　　　　89

花蕊夫人　　　　　　　91

趾画家　　　　　　　　93

父亲大人　　　　　　　95

一剑封喉　　　　　　　98

惊天大假　　　　　　　101

狼　变　　　　　　　　104

猫鼠争霸　　　　　　　107

天上掉下豆腐渣　　　　110

陈振林卷

人与蜂 115

三十年前的一只蚂蚱 117

父亲的爱里有片海 119

一块玻璃值多少钱 123

受伤的白鹭 125

黄老师 127

不是几只狗的故事 129

寻找生命里的黄金 132

垃圾老爸 134

阳光爬满每一天的窗子 136

进我家喝水的叔叔 139

娘的宝贝 141

拨错一个号码 144

沉重的窗户纸 147

不要接打陌生电话 149

咱们离婚吧 151

黄克庭卷

耍　猴 155

拷贝记忆 156

考古学家 159

有支钢笔丢不了 161

鱼与佛　　　　　　　　163

溯源镜　　　　　　　　165

毕业鉴定　　　　　　　167

病毒美妙　　　　　　　170

驱逐阿拉西　　　　　　172

新城市牛皮癣　　　　　174

天地玄黄　　　　　　　177

干菜怎样算炒熟了　　　179

牙　祭　　　　　　　　181

病毒效应　　　　　　　182

小山村的眼睛　　　　　185

蔡楠，男，中国作家协会会员，河北省作家协会小小说艺委会主任，郑州小小说学会副会长，沧州作家协会副主席，河北文学院签约作家。著有小说集《白洋淀》《行走在岸上的鱼》《生死回眸》《八月情绪》《叙事光盘》《天晴的时候下了雨》《芦苇花开》和散文集《翅膀划过天空》《蔡楠的博客》等作品集。曾获"全国小小说优秀作品奖"，《人民文学》征文优秀作品奖、"冰心儿童图书奖"等奖项。入列"中国小小说十大热点人物"、"新世纪中国小小说风云人物榜——金牌作家"，中国小小说"金麻雀"奖、2009年冰心儿童图书奖获得者。

蔡楠卷

金　月　亮

　　安静六岁或者五岁那年，她和小朋友们一起到白洋淀游泳，突然在淀边摔倒了。爬起来以后，她就觉得自己的身体有些异样。手伸不开，腿伸不直，也没有疼痛，就是浑身软绵绵的，没什么力气，走路直摇晃。怪了——安静的父亲逢人便嘟囔，我家祖宗八代都没有什么遗传病，更没有干过什么缺德事，怎么到我闺女这儿就得这种怪病呢？

　　父亲就领着安静到城里看医生。医生也说不出来是什么病，就给做了手术，安静也没有恢复。直到有一天，终于站不起来。父亲不再嘟囔，而是给她买了个轮椅。从此，安静的轮椅人生就开始了。

　　其实轮椅就轮椅吧，不影响吃喝，不影响上学。安静功课很好，也知道国家允许她这样身体的人上大学。可是后来一系列的变故，使安静有些措手不及了。

　　先是父亲出了事。白洋淀水位下降以后，淀里无鱼可打。没有了鱼和水，便没有了渔民的灵魂。父亲和几个邻舍投资买了一条大船，他们到渤海湾出海打鱼去了，经常一去就是一年。谁知在一次深海捕鱼时，突起飓风巨浪，船和人再没有回来。

　　接着就是母亲改嫁东北。母亲走的时候搂着三个孩子说，"静儿，你有怪病，娘就又生了安康和安宁，可还是不行。你弟傻，有智障，整天流着大鼻涕，话也说不顺溜。你妹拐，天生软骨病，离了拐走不了路。不是当娘的狠心，娘命不济，克夫克子，娘留在这里，说不定连一村人都跟着遭殃呢！"

　　娘走了，娘用荷叶包着一把白洋淀的泥土走了。把留着大鼻涕的傻弟弟和挂着拐杖的瘸妹妹留给了安静。安静望着母亲风雨中的背影，对哭天抹泪儿的弟妹说，"别哭了，娘走了，往后，姐就是你俩的娘！"

当娘就得有当娘的样子。安静离开学校，进了一家服装厂上班。她坐着轮椅来到了缝纫机前。她把线轴绕在梭子上，把线头穿在缝纫机针上，把布料铺在了针下，然后试着去蹬踏板。绵软的腿劲儿使不匀，针下来了，伸不舒展的手指却躲不开，一下子穿透了她的拇指。血流出来，她的泪也流出来了。她把血在裤子上蹭干，又蹬。食指又被穿透了。这次她没有流泪，她只是把食指放在嘴里吸吮。边吸吮边蹬踏板，边观察针头上上下下的频率。观察了半天，心里有数了，又接着干。踏板、续布、躲针。啊！成了！她把自己的手指拧在了自己的大腿上。

一月以后，安静的手脚适应了缝纫机，她做出的活计比健康的工人还多还好。厂长田螺给她发了工资，又给了她一百元奖金。

安静用工资、奖金交了学费。她把安康、安宁送到了学校。那天中午，她从服装厂摇着轮椅回到家的时候，看到安宁一人拄着拐杖脆生生地读课文。雨后的阳光照到院子里，灼热而湿润。安静赶紧点火做饭。柴火是淀边的蒲草，不好着。只冒烟没火苗。安静从轮椅上扑下身子用嘴去吹，噗——噗——由于用力过猛，一下子栽倒在灶火旁。火在这时候腾的一声着了，她的头发瞬间被燎光了。

吃饭的时候，才发现安康不在。安静就问，"你哥呢？你哥怎么没和你一起回来？"安宁说，"在学校排好队分好桌，他在桌子上刻字，老师就让他在院里罚站，放学后我没见到他。"

安静骂了一句死妮子，就出溜下炕，上了轮椅。她把轮椅摇成了自行车。轮椅自行车飞一样把她带到了学校。门卫看着她的光头，怪笑着告诉她，一帮罚站的小孩最后走的，起着哄到白洋淀里洗澡去了。

摇椅自行车就又把安静带到了白洋淀大闸前。安静知道，这里水面宽阔，水清波平，是孩子们的乐园。果然，安康在这里。光屁股的安康此刻立在十米高的闸板上，张开双臂像一只水鸥，正要展翅飞翔。一群孩子戴着荷叶帽吹着苇哨，正击水呐喊。安静急了，她想大声阻止安康，可急火攻心却说不出话来。她只能眼睁睁地看着安康往前一跃。她的眼珠飞了出去，随着安康的身体在空中翻了个个儿，然后坠入水中。安康溅起了几点水花，入水动作漂亮极了。安静的眼珠又回到了眼眶。就是在这时候，安静突然对自己说了句话，"我弟弟怎么会有智障呢？有智障的孩子怎么会跳出这么漂亮的动作呢？"

安康水淋淋地来到了安静的轮椅前，等着挨骂。他却看见他的光头姐姐笑了。姐姐摸着他的脸，把他的大鼻涕抹净说，"安康，你真棒，你练跳水吧，姐支持你！"

不久，安静在田螺的帮助下，购买了几台编织机，开了一家精品毛衣编织店。后来又与田螺合伙开了一个白洋淀芦苇工艺编织厂。2008 年，安宁考入了北京农业大学，安康参加了在北京举办的残奥会，获得了一枚跳水金牌。

颁奖仪式上，安康和安宁把安静推到了领奖台前。他们把那枚金牌，恭恭敬敬地戴在了姐姐的脖子上。

那晚，正是中秋，天空挂着一轮金月亮。

响 马 盗

刘六一开始其实不是响马盗，他是缉拿响马盗的。只是后来才成了响马盗。这我最清楚。

我是明正德五年夏天与刘六相遇的。我们相遇的地方是离白洋淀不远的刘家圪垯。那时，我是来自蒙古草原的一匹军马，我和成百上千匹军马一同被官府分配给村民寄养。朝廷在直隶推行马政制度，刘家圪垯不得不把农田改成了牧场。望着绿油油的庄稼苗成片成片地毁坏，改种牧草，村民齐彦名一拳头将牧场砸出了一口土井。他雄壮的眼泪哗哗地流在了井里，填满了整个井口。他的身后，村民们这样的泪井连成了一片。

而刘六没有流泪。他喜欢马。他见了我喜笑颜开，铁塔一样的身体一下子骑到了我的背上。我被这突如其来的袭击惊乍了。我四蹄生风，鬃毛尽竖，硕大的头高昂着，乌云般深长的廓胸抖动着，嘴里发出一声声尖锐的嘶鸣。我想把这个黑漆的汉子摔下来，然后用我的四蹄去践踏他，然后骑上他，让他来当我的马。可光着膀子的刘六却像黏在了我的背上，我不得不听从他的调度，我被他的强悍所征服。

我被刘六拴在了他家的木桩上。我听见他在院子里大声吆喝，"好马，好马，好马啊！老七，快，把上好的草料给马拌上！"

比刘六还高半个头的刘七端着筛过的草料过来了。他摸摸我的头，摸摸我的臀，像摸他的新媳妇一样。"嘿，哥，这马比我养的那几匹强多了，简直就是一匹望云骓呢！"

于是我就叫了望云骓。

我的主人是官府。但这不妨碍我和刘六成为好朋友。他饲养着我，在我的背上使棍棒，拉弓箭，练刀枪。有时候，还和刘七立在马背上练对打，练擒拿，把我和其余几匹马培育得威武野性，斗劲十足。

并不是所有的军马都有我们这样幸运。那一年，皇室庄田不断增加，农田不断减少，加上夏季大旱，牧场草料不丰，许多农民无力饲养军马。种马饿死不少，自然马驹也就不能按时缴纳给官府。死了马还要赔偿，卖田产鬻儿女也要赔偿。为了活命，齐彦名就拉起一竿子人马，在白洋淀边做了响马盗。

开始，齐彦名是想拉刘六兄弟一起入伙的，可刘六回绝了他。刘六说，"大丈夫骑射习武，是想报效朝廷，边关立功，怎么可以图一时的快意，去做响马呢！"刘七也说，"我哥说得在理. 做响马可惜了他的望云骓呢！"

齐彦名说，"谁不想有个功名？可当今皇帝荒淫昏弱，宦官擅权，民困已极，庐舍几空。生且不保，何谈报匡呢？"说完，齐彦名长叹一声，别过刘氏兄弟，打马而去。

不久，刘六、刘七报效朝廷的机会来了。明廷遣御史宁杲来此当了捕盗御史。哥俩便被招募入衙，协助擒捉盗寇。我就跟着刘六做了校尉。我马不停蹄，几月踏尽了直隶大地。刘六连着破了几个大案，也把响马齐彦名赶进了白洋淀里，让他由响马变成了水马。

直隶地面一时太平。我就被宁杲赏赐给了刘六。同时赏赐给刘氏兄弟的，还有许多银子和布匹绢纱。刘六命刘七把银子和布匹绢纱分给了刘家圪垯的村民们，然后带着家眷来到京城，在朝廷当了侍卫。刘七穿上了正式的军服，喜滋滋地对刘六说，"哥，亏了咱没跟齐彦名去做响马，要不咱还在那乡间泽野当流寇呢！"刘六正色道，"老七，瞧你这没成色的，给你个侍卫就不知东西南北了，我的志向是当骠骑大将军，骑着望云骓铁马金戈驰骋疆场！"刘七就赤红了脸，蔫蔫地喂马去了。

刘六的将军梦断在了梁洪的手里。梁洪在一次酒后拦住了刘六和刘七。梁洪抓住我的头，我灵敏的鼻子闻到了浓烈的酒气。我听见梁洪醉醺醺地说，"刘……刘侍卫，听说你们哥俩缉盗有功，受了许多赏赐，我这些天手头紧张，能不能借一千两银子花花？以后，我可以向我干爹刘瑾举荐……举荐你们！"

刘六下得马来，把梁洪的手从我的头上拿开，没有说话。刘七却放马过来，猛力把梁洪冲倒，大声嚷嚷，"你是什么鸟人？敢勒索刘爷爷？莫说没有银子，就是有，赈济穷人也不会给你这狗仗人势的东西！"

刘六扶起梁洪，弹去他衣服上的泥土，陪着小心说，"梁大人，我是受了些赏赐，可都分给了村里的百姓了，实在是拿不出那么多。这样吧，你以后的酒钱，就记我的账好了！"

梁洪啪一巴掌就掴在了我主人的脸上。我冲上前去，想用后蹄踢他，主人却把我拦住了。我只有闷闷地随他回家。

大宦官刘瑾出场了。他把宁杲叫到了京城，又在皇帝面前告了一状。刘六刘七就由侍卫变成了响马盗齐彦名的内线。证据就是刘七送给齐家的银子和布匹绢纱。

刘六刘七被关进了监狱。刘家被抄掠一空，老少男女尽遭杀戮。

只有我乘云而奔逃出了京城。我的哀鸣引来了响马齐彦名。我带着他星夜来京，浩大的响马队伍从白洋淀冲到了北京城，冲到了法场，救出了刘氏兄弟。

想当将军的刘六刘七就这样当了响马盗。他们扯起了义旗，义旗上醒目地绣上了两行大字：虎贲三千，直抵幽燕之地；龙飞九五，重开混沌之天。

1858 年的歧口

　　这是一个尘封已久的故事。我知道这个故事一旦公诸于世，我将由一个懦夫变成一个英雄。之所以沉默这么多年，是因为我相信真的英雄不应站在岸上，不应享誉在人们的赞美歌颂里，而应沉在海底，沉在真实的历史中。

　　我刚刚运到歧口炮台时，威风凛凛：硕美的身材，乌黑的炮口，结实的炮架……我昂首在 1858 年浓烈的阳光和强劲的海风中，身上的红绸缎在海风里飘扬如旗。那时人们叫我"二将军"，我在歧口的南岸。北岸有我的哥哥"大将军"。我们兄弟俩遥遥相对，雄风相逼，一时成为歧口的话题和风景。

　　涨潮了。海浪声里，常混杂着炮声从深海传来。我身下有着丝丝的颤抖，炮膛有一股类似血液的东西在滚滚奔腾，一直涌到了炮口。我感觉一场战争正悄悄来临。

　　果然，一支船队在又一次涨潮中出现了，那是英法联军的船队。本来我应该及早发现的，但我没有。昨晚守护在歧口哨所炮台的鹿哨领从城里带回了一个烟花女子，他们就骑在我的身上喝酒耍乐，斟酒伺候他们的是一个叫作陶马的兵丁。陶马是歧口人，是他的老爹陶牛把他送上炮台当兵的。那个叫陶牛的老人去深海捕鱼，被一艘外国军船抓去，放回时已失去了双手。渔民以手捕鱼，没有了手，就等于没有了生存的屏依。陶牛脸上的皱纹更深了，像海滩被人挖出了道道海沟。炮台建起来的那天，陶牛就把陶马带来了。老人迎着海风靠在了我的身上，悠悠地说，"儿子，我要你学会放炮！"可陶马没有学放炮，而是被鹿哨领收为了勤务兵。那晚，陶马一杯一杯地倒着酒，鹿哨领和那个妖艳的女子就一杯一杯地喝着。鹿哨领把酒灌进了肚里，女子把酒洒到了我的炮口。当女子唱起撩人的烟花小调时，我已醉眠在漫漫长夜里了……

我醒来时已经太迟了。我已能看见船头上洋毛子们的尖嘴猴腮和涂着蓝靛水一样的眼睛，还有他们手里的望远镜。我扯着嗓子大吼，"鹿哨领，快弄炮弹来啊！"我喊了二十多声，鹿哨领没来，陶马和几个兵丁来了。陶马拍着我的炮身嘟囔着，"鹿哨领和那女人跑到城里去了，你说这炮弹怎么装吧？"

我还没有回答，就听见了一声炮响。我看见歧口北岸我的哥哥"大将军"吐出了一枚炮弹，又吐出了一枚炮弹。长毛子的一艘船就起火了。于是，我焦急地说，"我帮你们吧！"我就哗地把炮膛自动打开，刷地把炮信子自动弹出。陶马他们就把炮弹推上了膛，把炮口调向了最前面那艘外国船，点上了炮信子。

炮信子哧啦哧啦地燃烧着，一直燃烧了半袋烟工夫，还不见炮弹出膛。我用炮膛中的敏感细胞感觉到炮弹与炮信子无法连接，因为这是一枚臭蛋。

陶马他们立即换下了这枚炮弹，又换上了一枚，还是臭蛋，再推上一枚，还是不响。"他奶奶的，"我骂了一声！"他奶奶的，"陶马也骂了一声！

骂声里，一枚炮弹就尖叫着落在了歧口，炮台就被掀去了半边。陶马他们的脸被熏成了黑炭，还有暗红的血从额头上渗出。硝烟未散，有一群人从歧口村跑来了。前面是摇摇晃晃的陶牛。他们有的手里拿着刀叉，有的拿着长矛，还用网兜子兜来了一堆火药。

陶马就跑上去扶住了他爹，号啕大哭，"爹，炮弹不响啊！"陶牛就咬了咬下唇，咬出了两个血淋淋的汉字，奸商！

陶牛走上炮台，看了看我洞开的炮膛，望了望越来越近的长毛子的战船，发出了撕裂空气般的声音，乡亲们，上火药——

轰——歧口渔民自制的土火药和着沙子石块从我急不可耐的胸膛里喷出去，然而却没能够击中目标。

又有几发炮弹从长毛子那里射来。整个炮台都坍塌了，一群人也倒在了血泊里……

狞笑着的长毛子爬上了歧口。海滩上他们的脚印像熊迹。他们把我从沙堆里扒出来，蹬着，踹着，嘲笑着。然后，将我放上一只小渔船。他们想把我当作战利品带回他们的国家去。

　　我怎么能跟他们走呢？我为咸丰皇帝而耻辱，我为鹿哨领而耻辱，我为我自己没能发出一枚炮弹而耻辱。我怎么能把这失败的耻辱带到国外供人展览呢？我必须留下来，即使被人唾骂也要留下来！于是，我不停地晃动炮身，用力下坠，小船就被我掀翻了。

　　我就留在了歧口，和陶牛、陶马的尸体一起埋在了炮台下。

　　后来，我被人挖掘出来。得见天日的那天，有人狠命地踹了我一脚，呸，这就是那个儒夫"二将军"！大敌当前它可是一炮未发啊！我咧了咧锈蚀的炮口，想讲一段故事给他们听，但我终究一言未发。

　　多少年后，我被人弄到了一座现代化的城市，放在了一个新建的博物馆门前。我经常听到一个年轻的女孩在给游人讲解：1858年的歧口，有两座炮台，北岸有"大将军"，已经沉在了海底，南岸有"二将军"，是个儒夫……

存在的另一种方式

那是一段很糟糕的日子。工厂破产了，我下岗回家。我的几个同样下岗的哥们儿邀我一起开饭店、办歌厅、建桑拿浴室和洗头房什么的，都因资金短缺流产了，我只有在家赋闲。在家赋闲的日子就变成了一段很糟糕的日子。

多亏我还有一扇窗子，一扇可以遥望外面的世界的窗子。我整日坐在窗前看风云雷电、看日月星辰、看男来女往、车密马稀，还有许多上班时不曾看到的故事。我住在一个新建的居民区的五楼。五楼是顶楼。我的对面还有一栋楼，也只有五层。我想我的对面是应该有一栋五层楼的，这很关键。

不知什么时候，我开始遥望对面的五楼，对面五楼房间，因为那长久没人居住的房间突然就生长了一幅墨绿色的窗幔。不错，是墨绿色的。我上学时曾胡诌过一首爱情诗，就叫《墨绿的日子》，所以我对墨绿很注意。可那窗幔却又不曾打开过。我不再看人世间风云变幻季节更替，我开始执著地遥望那墨绿的窗幔。这遥望成了我早晚的功课。

终于，在一个很亮丽的早晨，那墨绿的窗幔在我视线的逼迫下徐徐打开，像舞台上的大幕徐徐打开一样，接着便有一团赤红出现在窗前。是一个穿红衣服的女人！一个穿红衣服的年轻的女人！我从座位上弹簧一般弹起，贴近窗子的玻璃，眼睛用力捕捉着女人。女人有着好看的身材、好看的步子和好看的头发。女人打开了窗幔，开始梳理头发。一个长条镜就镶嵌在窗子上。

不会只有女人吧？我想，应该还有个男人。这么年轻的女人必定有一个英俊潇洒的男人陪伴。果然，在梳头女人的背后出现了一个男人。哎哟——怎么是这样一个男人呢？矮且胖，年岁也大。那男人扳住了女人的肩。女人打了男人一下，继续梳头。男人踮起脚，将脸凑向女人，女人刚刚梳好的一头长发便又铺散开来，遮住了两个贴紧的头颅。之后，两个头颅便低下去，低下去。我再也看不到了。

妈的，臭胖子！我生气地骂了一声，猛地推开窗子。哗啦，一块玻璃便磕碎了，很清脆的一声炸响。妻子连忙从厨房里跑过来，心疼地摸着玻璃碴子，"干什么你？不上班挣钱，还搞破坏。一块玻璃五六块钱呢！"

嘿嘿，嘿嘿！我赔上一个笑脸，指一指对面问妻子，"哎，你知道对面楼上住着什么人吗？"

什么对面？什么人？妻子走到窗前向对面望了很长一段时间，打量打量我，说了一句神经病，就又进厨房去了。

我通过没有玻璃的窗子继续逼望。我清楚地看到那矮胖的男人已经开始整理衣服，然后走向门口，然后下楼，然后坐上一辆小车走了。那女人却再没出现。

那女人呢？那穿红衣服的年轻女人呢？我探出身子睁圆眼睛努力遥望，墨绿的窗幔打得很开，望得见里面的卧室，还有家具什物，但没有那女人出现。

我决定去对面的五楼是在妻子吃完饭上班之后。我从我们的五楼跑下，五四三二一，又从对面五楼跑上，一二三四五，然后摁铃。叮铃铃，叮铃铃，出来的是一个穿皮袄的老太太。我问这是三单元五楼东门吗？穿皮袄的老太太点头。我问里面住着一个穿红衣服的年轻女人吗？穿皮袄的老太太摇头。我连忙跑下楼，五四三二一，又连忙跑上楼，一二三四五，我走到我家的窗前。没错，就是那个房间，墨绿色的窗幔还在。再去一次！我又下楼，上楼，摁铃。叮铃铃，叮铃铃，出来了一个穿背心光屁股的小男孩。我问这是三单元五楼东门吗？穿背心光屁股的男孩点头。我问你妈妈是一个穿红衣服的年轻女人吗？穿背心光屁股的男孩摇头。

我知道出了问题。我只好慢慢下楼，五四三二一，又慢慢上楼，一二三四五。我进了我自己的房间，将自己沉重地放倒在床上。我已筋疲力尽，我想睡觉。当我这样想的时候，无边的倦意就迅速向我袭来。

妻子把我叫醒时已是中午。我醒来的第一件事就是走到窗前：咦？对面那墨绿色的窗幔没有了，有墨绿色窗幔的房间也没有了，甚至那五层高的居民楼也没有了。塞满我视线的是流经我们这座城市的一条波光闪烁的河流。

我高声惊叫起来。我一把拽过妻子问她，对面的大楼呢？五楼住的那穿红衣服的年轻女人呢？怎么都不见了？

一脸惊诧和疑惑就写在了妻子的脸上，什么大楼？什么女人？没有啊！

不对！明明咱俩还在一起看见了的。我还打碎了一块玻璃，是右边中间那一块！这样说着，我就用手去摸那没玻璃的窗洞。怪了，那玻璃竟然好好地安在窗户上。

怎么玻璃没碎呢？我这样问妻子，也问我自己。

那玻璃根本就没碎！妻子说，"你是不是饿昏了？"我想我们应该吃午饭了。

于是，我和妻子走到了餐桌前。

鱼 图 腾

现在，我就静静地在白洋淀博物馆里游泳。或者说，我就静静地在玻璃橱窗里游泳。我看着在我面前游来游去的游客。他们对我指指点点品头论足，甚至拍照摄像。我有些烦。我真想一个鲤鱼打挺儿，飞过这些人的头顶，飞出这座新建的博物馆。可玻璃和石头禁锢了我。我其实是在凭着千万年来的记忆游泳。

记忆是现代通向远古的一条遇道。我常在这条通道里来回游动。在遥远的记忆里，没有石头、玻璃，也没有这现代化的建筑，只有水草连天的一片泽野，还有古黄河的冲积扇群。就让我从这泽野和冲积扇群说起吧。

那时，我是一条年轻的白鲤。我和我的同伴红鲤、黄鲤们就生活在这一片水草连天的泽野里。淀水澄澈，水苣丰茂，空气细腻、湿润而清香。鸥鸟在葱绿的岛上鸣唱，声音把淀水震得发颤。我们就在这鸣唱里处变不惊地游来游去。我有时候还大胆地把身体晾晒在岛边。一只红嘴黑天鹅慢慢地靠近我，长喙啄着我白色的锦鳞，我的身体舒服极了。

我是听到妘水妘山的脚步声才匆忙跳进水中的。那脚步声急促而嘈杂。起初是一两个人的，后来便是一群人的。水泽边映出了他们身上脏兮兮的兽皮，乱糟糟的长发和手里高举着的棍棒、石器。这是一支氏族。他们是山顶洞人的后裔。他们是在远行寻找食物的途中迷跈的。无意中他们发现了这片水域。那个叫妘水的女首领把脖子上的贝壳项链一下子就拽散了。她的声音随着那落水的贝壳，野花一样绽放开来，妘山，我们找到路了，这里就是咱们以后的路！

这还用说吗？这里也是咱们以后的家。被唤作妘山的男人早就跳进了水里。

他的衣裳像两片荷叶一样飞到了岸边，精赤粗壮的身体像块黑漆漆的石头砸得水面痛苦斑驳。他的身后是更多的石头一起砸来。男石头，还有女石头。一个氏族的所有的石头。他们都精赤条条地沉入了水底，又浮上了水面。他们变成了黑鱼，变成了黄鱼，变成了白鱼。而他们洗浴的那片淀水，已经变得浑浊和污秽。妘山洗干净了身体，洗干净了头发，上岸，拿来一截削尖了的木棒，一个猛子扎进了水里，又一个跳跃窜了出来。木棒上就插着一尾疼痛呐喊的鲤鱼了。妘山把鱼送到了正用骨针盘头的妘水的手里，然后在妘水的脸上摸了一把，又一个猛子扎进了水里。其余的男人如法炮制，他们的木棒上就都有了我的同类。我躲在深水的一块石缝间，才逃过此劫。

我看见他们就那么精赤条条着，上了小岛，点燃了一堆又一堆的蒲草。鱼们就在火里、在木棒上变成了食物。还有的等不及的，干脆就把活的鱼直接送入了嘴里。鱼鳞、鱼肠、鱼肚就很不雅观地黏在他们的血盆大口上。他们吃了鱼，有了力气，又向水鸟们发动了进攻。野鸭、野鸡、野鹭惊飞了半边天。鸟巢被他们捣毁了，鸟蛋成了他们的腹中食。就连行动慢的鸟儿，也没有逃脱他们的袭击。又是一堆一堆火燃起，鱼类的好朋友鸟类也烤糊了翅膀。那只红嘴黑天鹅拖着被击中的伤腿，黯然一声哀鸣，冲进云霄，没入了远天的苍茫……

这片水域真的成了这个氏族的家园。他们盖起了窝棚，建起了水寨，生起了儿女，过起了日月。而我们不得不向深水迁移。在迁移途中，别的鱼们都咒骂着这群恶魔，而我却在思考着一个问题：人类与我们鱼类不是天敌，也不是非以我们为食不可。我们应该成为好邻居，我们应该创造一种更好的生存方式。

于是，我毅然返回了我们那片原始的水域。我跳上了那个小岛。奇怪，当我踏上小岛的时候，我竟然变成了一个人的模样。我找到了妘水。她正在岛上采集野果，肩上还背着一个红嫩的女娃。妘山躺在一堆野草上嚼着草根。鸟们都飞走了，妘山捕猎的工具上已经布满了青苔。我对妘水打着手势，艰难地说着我的思路。我说，你们要学会种植，要种粟，种黍。我说，你们要学会养殖，要养猪，养狗，养牛。我说，你们要学会制造，要制造犁，制造杵。我说，你们要学会纺织，要纺布，织衣。我还说，你们眼里不能只有这个小岛，要走遍整个泽野，走遍整个冲积扇平原。妘水听懂了我连比带划说的话，她把那个女娃扔给了妘山，光着大脚板，甩着大乳房跑了。她吹起了石哨。不一会儿，整个水寨的成员都聚集到这里来了。

妘水还要我说一遍。我已经不会说了。我跑到了小岛的边缘，跳进了水里。我又变成了一条白鲤。

后来，妘水带着她的氏族搬走了。搬到了岸上。他们按我说的做了。他们学会了种植，学会了养殖，学会了制造，学会了纺织。后来，又来了几个氏族。他们建起了部落。妘水让妘山当了部落长。后来，他们建起了这片水泽最早的浑渥城。

鱼们和鸟们就又回到了我们的泽国。我们在经历了那么多的伤痛之后，又恢复了往昔的平静。

可我已经不能平静。我想去看看浑渥城。我想告诉他们城市还要扩大，还要变迁，甚至还要灭亡。于是我又一次跳到了平地上。我在城里找到了妘山。这次我没那么幸运，妘山妘水没让我回到泽国。他们扣住了我，把我供奉在部落中心的广场上。从此，他们不再吃鱼。我就成了他们的图腾。

正如我所预料的那样。那座部落城数番沉降隆起，数番灭亡生长，终于变成了你看到的现代化都市。早已变成鱼化石的我，在千万年出土后，被当作宝贝送进了白洋淀博物馆。

秋　风　台

　　人们都叫我徐夫人。一个很女性的名字。但我是把匕首。是天底下最锋利最毒性的匕首。

　　我是徐夫人铸造的。徐夫人也不是女性，他是个顶天立地的壮士。可惜他已经死了。他是闻名战国的铸造师。铸造师是不应该参与政治的。所以徐夫人造出我来，就跳进了铸造炉里。在他融化的短暂过程中，他的灵魂就移植到了我的身上，我也就成了新的徐夫人。

　　我被燕太子丹从赵国带到了燕国，交给了荆轲。我知道荆轲是一个壮士。但我来到燕国，看到的却是另一个荆轲。他那时候已经被太子丹拜为了上卿，整天住豪华公馆，食美味佳肴，赏珍奇玩物，阅天下美色。这真让我有些怀疑他壮士的身份。我甚至认为他是一个蹭吃蹭喝的高级食客了。

　　但太子丹好像很有耐心，整个夏天，他就陪着荆轲，纵容着荆轲。那天，在白洋淀畔的易水河边，划船累了，荆轲把我放在了一株柳树下，然后跷起长腿枕着一把蒲草就呼呼睡去。太子丹守在他的身旁。雨后的蛙鸣潮水一样袭来，搅了荆轲的好梦。荆轲拾起瓦片向河里投去。蛙声还在继续。荆轲恼怒地起身寻找瓦片，没有找到。一抬头，太子丹捧来了一堆金瓦。他毫不犹豫地把金瓦全部掷进了河里。那蛙声立即止住了。荆轲拍拍手，又兀自睡去！

　　游玩结束，离开易水河，他们骑着千里马返回蓟城。行到半路，荆轲对太子丹说，前面有个饭店，吃点东西再走吧，我肚子有些饿了。丹说，"荆上卿想吃什么呢？"荆轲下得马来，伸伸懒腰，"这乡村小店，随便吃点吧，看看有没有新鲜的马肝，那玩意儿很下酒呢！"

果真还有马肝，果真那马肝味道很鲜美。荆轲就多吃了一些，多喝了一些。我在荆轲的腰间随着他的身子不停地晃动，连我都被晃醉了。等我和荆轲晃到饭店门口的时候，一辆马车早已等在了那里。荆轲说，"不坐车，我骑马，把那匹千里马牵来！"丹说，"千里马已经埋了，它的肝现在就在你肚子里！"

荆轲没说什么，依然摇晃着坐上了马车。

回到蓟城，太子丹又设宴华阳台。还把荆轲的市井朋友高渐离请了来。酒至酣处，高渐离击筑而歌。荆轲拦住了高渐离，"我整天听你的筑声，早就烦了，你歇会儿！太子，来点新鲜的怎么样？"

很快，太子就把虞美人叫来了。虞美人献上了一首《易水谣》。荆轲听着曲子，眼睛盯住了虞美人那双细腻灵巧的手，那手十指尖尖，毫无瑕疵，熠熠生辉。他不禁赞出声来，好——丹就笑着说，虞美人，"你以后就专门为荆上卿弹奏吧！"荆轲摆摆手，涨红了脸，"不不不，太子，我哪能夺人所爱呢？我是说虞美人的那双手好，真是太好了，没有这双手，绝对不会有这样动听的音乐！"

宴会结束了，荆轲带着我返回公馆。茶桌上，太子早命人准备好了茶点。荆轲揭去了茶点上面的玉巾。令荆轲意想不到的是，一双手鲜活整齐地露了出来。我认识，那是虞美人的手。

玉巾就在荆轲的手里慢慢地飘落在地，那玉巾我想还会飘落千百年。就在玉巾飘落的时候，我看见荆轲的嘴角抽动了几下。似乎有话要说，但没说出来。可我已经读懂了他的嘴角，他是想说，是时候了……

夏尽秋来，真的是时候了。太子丹已经沉不住气了。秦军大将王翦已经攻破赵国，屯兵白洋淀边。大兵即将压过燕境。樊于期的头颅拿到了，燕地督亢地图准备好了，助手秦舞阳报到了，我也已经被浸了剧毒。为了验证毒效，丹还拿囚犯做了实验。他用我划破了囚犯的皮肤，那个倒霉鬼只流出了一丝血，就无声无息地去了他早晚要去的地方。

现在，我就躺在那个黑色的匣子里。包裹着我的是那张燕地督亢地图。在另一个红色的匣子里，躺着的是樊于期的人头。我在匣子里亢奋跳跃，我把匣子弄得啪啪作响。

我知道，丹已经把荆轲送到了易水河畔的秋风台。秋风激荡，天空昏暗，前途漫漫。荆轲慢慢地走上了秋风台。他望了望卫国的方向，那里是他的家乡。他望了望燕国的方向，那里是他客居的地方，是太子丹收留了他，给了他做大英雄的机会。他又望望脚下的易水河，他看见了他投掷在河里的金瓦……蓦然间，他一抖征袍，一伸脖颈，发出了前所未有的呐喊：风萧萧兮易水寒，壮士一去兮不复还……

秋风台下的好友高渐离流着眼泪拼命地击筑和之，穿着白色衣帽的太子丹和送行的人群哗啦跪成了一片。

荆轲歌罢，抱起两个匣子，连看也没看秦舞阳一眼，就上了车子。车子向西绝尘而去。我在兴奋的颠簸中，却听到了荆轲喃喃的自语，"太子，你太心急了，我在等一个人，那个人还没到啊！"

我们到了咸阳，去刺秦王嬴政。但我们没有成功。秦舞阳退了。荆轲死了。他先是被秦王刺中左腿，然后就是被肢解了八段。其实荆轲满可以刺杀秦王的，但他只是割下了秦王的半截衣袖。其实我也是满可以刺杀秦王的，因为我有徐夫人的魂灵。但我只是脱离荆轲之手穿过秦王的耳畔，深深地扎在了那个铜柱子上。

来到了秦国，我才明白秦王是刺杀不得的。荆轲为了报答太子丹，不得不走这一遭。而我，为了成就荆轲，不至于让他成为千古罪人，我只能成为千古罪刃！

就在我扎进铜柱的那一瞬间，我恍惚听到了易水河哗哗的水声和秋风台飒飒的风声，我终于明白，荆轲等待的那个人，其实是太子丹。是另一个太子丹。是能够让燕国强盛于秦的太子丹。

断 魂 筑

　　自从荆轲死了之后，高渐离再也没有摸过我。他把我装进箱子里，悠悠地对我说，"燕国不保了，我们该离开这里了。"我听见有东西劈里啪啦砸在箱子上。直到那东西顺着箱子的缝隙滴在丝弦上濡湿了我的身体，我才知道那是高渐离汹涌的泪水。

　　果然，秦国大军旋风一样扫过燕国。他们的旋风是向北刮，我和高渐离是向南逃。他带着我爬过他故乡范阳城的残垣断壁，涉过血水流淌的易水河，来到白洋淀边的秋风台。那时，秋风台已经被炮火掀去了半边。我感觉，高渐离的脚步在这里停顿了好久。往事如昨，高渐离和太子丹送别荆轲的场面连我都记忆犹新。我发出的高亢悲壮的音律在这里曾经撼动了那么多人。那是我迄今为止最痛快淋漓的呐喊。呐喊完了，我开始疲惫地歇在高渐离的行李箱里。作为一把筑，我除了听命于高渐离的手指，发出不同的音律，我还能做什么呢？

　　来到了宋子城，我们就听到了太子丹被他的父亲割掉头颅献给秦国的消息。高渐离拍着行李箱，拍着我昏睡的身体，嘶哑着嗓子说，"燕王喜割掉的不仅是太子丹的头颅，他割掉的也是他自己的头颅啊！"高渐离的话很快就得到了应验。秦国大将王翦的儿子王贲把燕王喜从蓟城追到了辽东，硬是生生地把他的头颅揪了下来。丹的头颅掉了，喜的头颅掉了，燕国天空的星辰也掉了。

　　我和高渐离不能再往南逃了。逃到哪里看到的都是秦国的星辰。我们在宋子居住了下来。高渐离做了一家酒楼的酒保。他的名字改成了燕惜。我就被燕惜安排在他那简易得不能再简易的床底下。虽然我动弹不得，但我每天又都在跟随着他。我是他的影子，一个曾是天底下最好的乐手的影子。我随着他端盘上菜，刷盘洗碗，砍柴劈木。我眼睁睁地看着他的一双调琴弄筑的纤手变得粗糙皲裂，骨节粗大。看着他的心在一点一点破碎开来，我躁动不安。我在箱子里激烈地扭动自己颈细肩圆的身子，我的十三根铜弦铮铮作响。我感到那简易的床铺也在我的响声中摇晃。我停止不了自己。直到中间那根长弦在燕惜沉重的叹息声里砰然抻断，我才有了暂时的安静。

燕惜停止叹息是在那个月明星稀的夜晚。那晚他破例多喝了几杯烧酒，正要回房休息，却听到了一阵久违的筑声隐隐传来。他循着筑声挪动着脚步，他的褴褛的衣袂很快就飘到了主人家的堂前。那是一个咸阳来的客人在击筑。堂下一群人正侧耳细听。一曲终了，众人鼓掌赞叹。燕惜却不合时宜地嘟哝了一声："好是好，就是差了一些东西！"

差什么东西呢？主人和客人把燕惜请到了堂上，燕惜说，客人的筑声是从琴弦上弹出来的，只能悦人耳，还不是真正的音乐。真正的音乐是悦人心，是从心底里发出来的！客人把筑一下子就掷到了他的脚边说，"那你弹一首真正的音乐给我听听！"

燕惜一脚就把那筑踢到了堂下。然后一个漂亮的转身，走了。他从床下掏出尘封的我，然后换上了那身在燕国朝廷穿过的华丽衣服，整容净面，回到了主人堂上。在众人惊诧的目光里，修颀俊逸的燕惜左手按住我的头部，右手捏着竹尺，优雅而娴熟地一击，我渴盼已久的身体顿时生动起来，震颤着发出了一声贯穿天地的妙音。众人的心一下子就被击昏了。昏迷的心不会死去，它们注定还会被持续的筑声所唤醒。一阵高亢的筑音穿过，接下来就是激越的旋律。我和燕惜都不由自主地唱起了那首荆轲曾经唱过的《易水歌》：风萧萧兮易水寒，壮士一去兮不复还……

好——，主人、客人还有堂下的听众禁不住欢呼起来。燕惜却流着泪嘟哝着，"好什么好，这十三根铜弦还断着一根呢！"

那个夜晚过后，我没有再回到箱子里。我重新回到了燕惜的怀抱，我们又变得形影不离了。我们搬出了那家酒楼。燕惜对我说，"不怪那杯烧酒，该是离开宋子的时候了，有人在等我们呢！"

谁在等我们？是嬴政。不，应该叫他秦始皇，他现在已经统一六国了。战鼓声已经远离了咸阳宫，现在这里需要音乐，需要音乐来粉饰装点大秦的一统江山。我和燕惜就做了秦始皇的宫廷乐师。秦始皇要让燕惜做一曲《秦颂》，只是在进宫之前，他让人用马屎薰瞎了燕惜的眼睛。其实，燕惜的眼睛根本不用薰了，他基本上已经为荆轲哭瞎了。

与秦始皇面对面的时候，我才知道他不但懂战争，懂政治，他还懂音乐，懂我。当我在燕惜的手下发声委婉的时候，他微笑。他满足于君临四方威加海内，帝王大业从此开始。当我发声慷慨的时候，他朗笑。他得意于普天之下莫非王土，率土之滨莫非王臣。当我发声激昂的时候，他狂笑。他感叹一个曾经的私生子，终于统一了天下所有的声音，终于让天下最好的乐师为他而奏最美的乐曲。他狂笑着，受了我声音的吸引，一步一步走向燕惜，走向我。他俯身想从燕惜的手里拿过我，然后自己弹奏。而这时，我却发出了铅一样沉钝的声音。我灌满铅的身子在燕惜的粗糙大手里化作一道闪电，飞快地向秦始皇砸去——

应该说我是长着眼睛的，但我的眼睛终究不如人的眼睛，更何况是秦始皇的眼睛。他比闪电还快的眼睛帮助他的头躲过了这致命的一击。我和沉重的铅块跌在大殿，整个身子霎时七零八落。我成了一把断魂筑！

燕惜在秦始皇的剑下一动不动。我奇怪他的盲目里竟然还有眼泪，竟然还有铅块一样的眼泪汩汩而出。

燕惜被秦始皇送上了绞架。我七零八落的残骸也被他聚拢起来，放在了燕惜的脚下。秦始皇拍拍燕惜的肩膀，轻声地说，"我早就知道，你不是燕惜，你是高渐离！薰瞎你的眼睛，是想让你专心音乐，可你却偏偏参与了政治！"

燕惜抬起头，冷笑道，"不，我不是高渐离，我是荆轲的影子，我也是燕国的影子！"

易 水 殇

　　我是姬丹，是燕国的太子。但我是一个死去的太子。我的父王姬喜割下了我的头颅。

　　燕王喜是听了代王嘉的话才决定割下我的头颅的。嘉是赵王迁的侄子。赵王迁在邯郸城破的时候就被虏去了咸阳，嘉孤身一人逃到了代郡，又做了王。秦将王翦穷追不舍，一路索命打到了易水河畔。惊魂未定的嘉就派人求救于燕。父王当时还犹豫不决，是我说服了他，他才同意从蓟城发兵易水河的。但是，秦国早有准备，他们这次是铁心要把代及燕一起吃掉的。我们注定抵挡不住秦国的虎狼之师。易水河畔的代、燕防线脆弱得像白洋淀边的一株老柳，很快就树倒枝残了。代、燕兵败，蓟城陷落。我们只得远遁辽东襄平。

　　父王又一次把罪责记在了我的头上。他指着我的鼻子破口大骂，"丹你这个不成器的混蛋！让你在秦国当人质，你偷跑回来；让你刺秦，你刺来了秦国大军；让你联代，你联来了京城不保。引火烧身，自取灭亡，竖子不足为君，我要废了你的太子之位——"

　　我愤愤地退出了父王的临时行宫。父王大大地伤害了我。这几件事是我姬丹心底里的最痛。我也是抱定重振强燕大志的王子，我怎么能长久在秦国做人质，忍受我一向看不起的嬴政的侮辱呢？我从没有认为刺秦刺错了，也从不认为是我招来了秦国大军。嬴政的野心昭然若揭，他必然要诛灭六国。刺杀了他，燕国还有一线希望，还能够东山再起。刺杀不了，燕灭于秦，是迟早的事。至于联代抗秦，那也是保卫燕国啊！唇亡齿寒，代郡不保，燕国何存？可关键时刻那个该死的嘉带兵逃回了代郡，剩下燕军孤掌难鸣，焉有不败之理？可这些，父王怎么就不能明察呢？唉，看来父王是老糊涂了！

我把我的一腔苦水统统倒给了太傅鞠武。这些年来，只有他坚定地站在我的身后。他是我姬丹的影子。过去是，现在也是。太傅的智慧就像他长长的胡子，他总是能够击中要害。太傅说，"太子啊，你的处境艰难呢！以你父王对皇权富贵的眷恋，他是不可能尽快把燕室江山交给你的。即使交给你，一个行将就木的国家又有什么意思呢？你不要等待了，要想实现你的理想，必须当王，必须让你父王退位！"

"他要是不退呢？"我说。

"那就杀掉他！"鞠武把他的胡须捋下了一根。

我打了一个寒战。樊于期自刎的时候，我没打寒战；田光自杀的时候，我没打寒战；荆轲被诛杀的时候，我也没打寒战。如今听了太傅的话，我打了寒战。我拼命摇头，"不，杀父弑君的事情我不会干！"

"那你就会被杀！"鞠武说完这话，吹落他掌上的胡须，走进了辽东血红的残阳里。

我不相信父王会杀我。虎毒不食子，何况我是太子。我还要向父王进谏，我还有复兴燕室富国强兵的宏大计划。王翦老了，仗也快打不动了，只要他退兵，不需两年，我就会重新杀回易水河畔的。那时候，强大的燕国之梦，强大的中原之梦就不单单再是梦！也许统一天下的不是嬴政，是我姬丹啊！我从没有认为我比嬴政差！

然而，秦国换来了年轻骁勇的李信。李信的到来，打破了我的梦想。在父王的恐慌里，我又一次带兵出战。在衍水，我遭遇了李信的火攻。不敌溃败，我躲到冰凉的水里，才幸免于难。走上岸边的时候，我仰天长叹，既生丹，何生政？

李信包围了襄平城。父王派人向代王嘉求救。嘉没有发兵，却发来了一封信。信中只有六个字：杀姬丹，围可解！

父王大骂，"无耻的嘉，猪狗不如的嘉，你如此背信弃义，退秦后，我一定先灭了你！"骂完，父王把嘉的信烧为灰烬。

然后父王就派人来我栖身的衍水桃花岛请我回宫。父王要和我商议退秦之计。鞠武不让我去，可我还是去了。父王已经答应我，退秦之后就让我继位，你说我能不去吗？

在父王重又修葺一新的王宫里，他安排好了丰盛的酒席，取出了燕国宫廷上等的冰烧酒。他还叫了几个绝色的宫女舞蹈吟唱。我真服了我的国王父亲，到这个时候了还如此讲究排场。不过，我原谅了他。就让他再欢乐一回吧，过不了多久，坐在他那个位置上的就是我姬丹了，我一定做一个励精图治的好国王。

那晚，父王以他少有的慈爱温暖了我。我就多喝了两杯，在一个宫女温软的香怀里昏睡了过去。

等我醒来的时候，我已经身首分离了。我的身子不知去向，我开始清醒的头颅被父王装在了一个黑色的松木匣子里。就是那次我装樊于期将军头颅的那一种匣子。我彻底明白：父王到底还是听了代王嘉的话。为了保住他的头颅，就设计割下了我的头颅。

我听到了母后的哭声，听到了王宫的哭声，也听到了整个辽东的哭声。在哭声中，我的头颅被送到了李信的大营。

李信暂时退了兵。他要亲自护送我的头颅到咸阳，去向那个想我想得快要发疯的嬴政复命。他估计自己这次肯定要加官进爵了，说不定他要取代王翦的位置了。

但我绝不会让李信成功的。当李信载着我头颅的战车来到白洋淀边易水河畔的时候，我的头颅在一阵巨大的颠簸中突然轰鸣着破匣而出，鹰一样飞向了天空，颈下的鲜血泼洒成一面猎猎的战旗。我睁圆双眼最后看了看燕国千疮百孔的土地，一头扎进了流水汤汤的易水河。我知道，这里有樊于期的头颅，有田光的头颅，还有荆轲的头颅。他们已经等我多时了。

双 面 谍

澶渊之盟以后，宋辽讲和，双方再没有大规模的战争。但边境时有摩擦发生。我就是那个制造摩擦的人。

我是受了圣宗皇帝耶律隆绪的旨意把我的通事局搬到幽州来办公的。我的任务本来是要对准宋廷的职方司的，但眼下我对雄州知州李允则发生了兴趣。雄州是边关重镇，我决定让我的间谍工作就从这里打开缺口。

于是，在元宵节那一天，我带人化装成药材商队来到白洋淀畔的界河——白沟河。时令已是春天，河这边一片凋敝，而河的对面却榆树吐绿，鸟声清亮。河堤上，人头攒动，商贩如潮，虽然胡汉服装混杂，语言不通，但在官衙人的斡旋下双方交易有序。契丹人带来了牲畜、皮货、药材、珠玉等，汉人带来了粮食、丝绸、茶叶等。我知道这就是李允则新近开辟的榷场了。据说，去年大旱，幽州境内契丹人闹饥荒，宋廷限制粮食输往幽州。而李允则却说，"同在一片蓝天下，幽州百姓也是我们的百姓啊！"他还是把粮食低价大量卖给了幽州。作为回报，幽州百姓把一批上好的骏马卖给了雄州。但我们大辽缺少李允则的气量，皇帝一道旨意，撤换了幽州刺史不算，还把几个领头售马的人给抓进了大牢。他们怕李允则把骏马训练成军马啊！

李允则不会的，连我们的军马恐怕以后也没有用武之地了。何承矩早在白洋淀挖了湖泊河道，李允则又在边防拆掉碉堡，填平马坑，在广袤的宋辽战场上种上了成片成片的榆树。榆满塞下，不仅边民可以取之盖房，重要的是形成了一道道绿色的屏障。辽军的铁骑再也不能驰骋疆场了。

过了榷场，我们在榆树的屏障里缓慢地行进。亏了我们骑的是骡子，如果是战马，早就把马窝囊死了。我们到达雄州城的时候，天已经黑下来了。但我们依然能看到雄关漫道，城堡横亘。瓮城与州城已经连成一片，城外月堤环绕，树木拱卫。城头红灯高挂，牌楼上烟火开始燃放。笙箫丝竹之声，锣鼓喧闹之声已经从城里传到了城外。真是一派富足祥和的气氛。

我留下部分人在城外，带着部分人随着榷场下来的商贩们混进了城。走过张灯结彩的大街小巷，穿过游乐嬉戏的人群，摸到了雄州守军的甲仗库前。那里早有内线在接应了。内线探得，李允则正在军中大摆筵席，宴请东京来的宰相寇准。我知道时机来了。我们点着了甲仗库。

令人奇怪的是，甲仗库着了很长时间，城外城内的兵士竟然没有一个人前来救火。看着兵器甲仗在火中舞蹈呻吟，连我都心疼了，可李允则还在那里吟诗作赋，对酒当歌。我派一个心腹前去军中打探。心腹回来说，本来李允则的副手是要让守城的兵士来救火的，可李允则拦住了他。李允则说，甲仗库防范那么严密，居然突然起火，必是奸人所为，而且不是一般的奸人。如果我们都去救火，岂不中了奸计？肯定会有更严重的事情发生呢！

李允则说的不错。假如他军中大乱，兵士全去救火，城外的人就会把他新连起来的瓮城和州城再次炸断的。

李允则真是一个老狐狸。我们只得惶惶撤离甲仗库。我的身上带着内线给我的情报，我又把城区布防图画了下来，我还是有不小的收获的。根据这些情报和布防图，我们很快就会打到雄州的。占领了雄州城，辽军再次挺进中原就指日可待了。

在熙熙攘攘的大街上，我和我的人走散了。街上都是狂欢的行人，唯有我牵着一个高大的骡子，这不能不引起巡逻兵士的注意。在快到城门口的时候，我被抓住了。

我被带到了李允则的军营。在宴会厅旁边的一间屋子里，我终于见到了雄州知州兼河北沿边安抚使李允则。他纤弱、文雅，但器宇轩昂。他的眼睛在我的身上扫视了一圈，就喝退兵士。接下来，我没有想到的一幕发生了。李允则急急地跑过来，急急地给我松了绑，又把我身上的紫色衣袍的褶皱抚平，扶我坐下，端上了一杯热茶，然后我就听到了他浑厚的声音，"萧佑丹将军，你受苦了，也辛苦了！"

我更吃惊了，我问，"你怎么知道我是萧佑丹？"

哈哈哈！李允则笑了，他的笑声在屋子里旋转着，把我给旋蒙了，"你们有内线，我们就没有内线？实话告诉你吧，你们来了多少人，什么时候出发，来干什么，我都清楚。我之所以不制止你们的活动，就是想让你看看我雄州的力量！"

我张张嘴，还没说话，就听见李允则又说，"我还知道你的身上有地形图，有情报。但我明确告诉你，萧将军，那上面关于粮食、货币、兵马的数字都是假的！"

假的？这不可能！我站了起来。

李允则又把我按到座位上，"我知道你得了假情报，回去是要被砍头的。为保你性命，我可以给你提供真情报。我以雄州知州的身份为你提供一份真情报。但我相信，你们得到了这份真情报，恐怕更不敢犯我大宋江山了！"李允则说着，从怀里掏出早已准备好的真实的情报交到了我的手中，一边给我，一边向我报着上面的数字。

我惊呆了。这上面的数字比内线提供的更详尽。我接过情报，无话可说。我唯一能做到的就是请求李允则把情报封好，加盖印信，让我带到辽国去。

当晚，李允则牵着我的骡子送我出城。我和城外等候我的人会齐，连夜逃回了幽州。

我在幽州待了几天。我又回到了雄州。我做出了一个重大决定：我没有把情报送到圣宗皇帝那里，而是原封不动地交给了李允则。同时交给李允则的还有辽国的兵马、财力数字和地形图。

就这样，我成了一个双面间谍。我希望李允则打过白沟河，打到幽州，打到上京去！

元 妃 荷

张 建

完颜璟在工部侍郎胥持国的陪伴下走进宫廷教坊的时候，我正教宫女们读诗诵词。纱帐里，李师儿特有的清亮声音一下子就把完颜璟给吸引住了。

几股湘江龙骨瘦，巧样翻腾，叠作湘波皱。金缕小钿花草斗，翠条更结同心扣。

我知道，李师儿唱的那首《蝶恋花》，就是当今皇上完颜璟的词作。这丫头，莫非知道皇上到了？我正想给皇上行礼，却见完颜璟疾步上前，刷地一下就把手里的那把聚骨扇打开了。他看着上面自己的题词，禁不住随着李师儿唱出声来：金殿珠帘闲永昼，一握清风，暂喜怀中透。忽听传宣颁急奏，轻轻褪入香罗袖。

看着完颜璟兴趣盎然的样子，我的心禁不住悸动了一下。我知道李师儿进宫是避免不了了。果然，完颜璟把扇合上，对我大声命令道，"张建，快，撤去纱帐，让她出来见朕！"

我是一个宫廷教师。我教宫女们琴棋书画，读诗诵经，歌舞咏唱。但在教授这些技艺的时候，我是看不清这些宫女的面容的，我们之间被隔上了一道朦胧的纱帐。我只能用声音和她们交流。但透过朦胧的纱帐，我还是熟悉了那个清亮的声音，熟悉了那个经常在纱帐前舞动的倩影，也熟悉了那只隔着纱帐让我摸过的玉手。我知道她就是李师儿，是来自浑渥城的美女。现在，我缓缓撤去纱帐，我的心随着帐幔慢慢合拢。音乐响起，一个婀娜的身影裹挟着一阵馥郁的香气，清风一样破帐而出。我看见了绿色的下裙，看见了白色的上衣，看见了红色的领口。

绿色、白色、红色旋即就舞蹈起来。我在舞蹈里看到了风在吹，水在流，花在绽放……

我不知道这是什么舞蹈。我没有教授过她。相信完颜璟也不知道。我听到完颜璟拍了下巴掌，问李师儿，"告诉朕，你跳的这叫什么舞？"

"《荷花舞》，我家乡白洋淀的舞蹈。"李师儿把她的峨眉蝤首抬了起来。

我们终于看到了李师儿像荷花一样的面容。

我看到了荷花的当天，也眼巴巴地看着李师儿进了宫。完颜璟本来是想找个近侍的，可李师儿的才情对了他的胃口。所以在胥持国的劝说下，竟然把她封为淑妃。

李师儿

在完颜璟的寝宫里，在那张巨大的龙床上，我变成了一株怒放的荷花，我也变成了一株雨打的荷花。我哭了。完颜璟抱住我，用诗意的胡子摩挲着我的脸，"师儿，朕宠幸你，你应高兴才对，怎么还如此伤心？"我承接着他的爱抚，我说，"皇上，臣妾在这里享受鱼水之欢，可爹爹李湘还在牢里，他因直言获罪，还连累了我和我娘在宫籍监织布受苦！"

完颜璟说，"我明天就让胥持国把你爹娘放了，我还要追赠他为金紫光禄大夫！"

"我哥喜儿，我弟铁哥，无人照管，放任江湖做了强盗，但他们很想为朝廷尽力，恳请陛下开恩，给他们个正果吧！"

完颜璟说，"这个好办，只要他们肯为大金国效劳，我就让他哥俩去做幽州副节度使吧！"

"还有，亏了张建的教授和胥持国的引荐，我才有了面圣的机会，你看……"这时，我想起了张建那双痛苦的眼睛，我的眼泪又淌出了几颗。

完颜璟说，"胥持国朕已有安排，让他做右丞相。至于张建吗？就让他做朕的御前大乐师吧！"

我还能哭吗？我不哭了。我笑了。我挣脱了完颜璟，我裸着雪一样的身子，在明亮的烛光和月光下走出了红绡帐。我把床头从白洋淀带来的那盆荷花放进了完颜氏祖宗牌位前的金盆里。我要让我家乡的荷花永远地长在金盆里。然后我回到了床前，我把我的弱骨丰肌和玉脂柔肤欢愉地交给了完颜璟，这个能让我身体和精神都快乐的人。

完颜璟

我中了淑妃李师儿的蛊。男人是可以为一个女人不顾一切的，皇帝更不例外。我甚至连攻打南宋统一天下的计划也暂时搁置了。我陪淑妃吟风弄月，赏荷观莲，唱歌作赋，恣情山水。我知道淑妃的体香是与白洋淀的荷花紧密相连的，所以在巡幸浑渥城的时候，我把它拓建成方圆九里、城高三丈、阔九尺、池深一丈的州治，我把它改为了渥城。我在东城给淑妃建起了梳妆楼，在西城给淑妃筑成了观莲台。在观莲台一侧挖成了荷花池。当白洋淀十里荷花香溢渥城的时候，淑妃为我生下了皇子完颜忒邻。

这是我唯一的儿子。钦怀皇后跟随我这么多年都没有给我留下香火，而淑妃做到了。所以皇后过世后，我想立淑妃为后。但除了胥持国一人同意外，所有的女真大臣都反对。我只好向家族妥协。我让中宫虚位，我不再立后。我把淑妃封为了元妃，让她成为众妃之首。那些年是我和元妃最快乐的日子。我和元妃合作的诗词大都是那时候留下的。我写：风流紫府郎，痛饮乌纱岸。柔软九回肠，冷怯玻璃碗。元妃和：纤纤白玉葱，分破黄金弹。借得洞庭春，飞上桃花面。

但元妃不只是对诗词歌赋感兴趣，她还对军国大事有爱好。她开始批阅奏折，发号施令，最后开始结党营私，把持朝政。等我发觉这些时，已经太晚了。我已经病入膏肓了。

后　记

完颜璟死了，李师儿也死了。完颜璟死于疾病，李师儿死于自尽。是完颜璟的叔叔完颜永济逼她自尽的。本来，完颜璟死后，应该是完颜忒邻即位的，可是这个短命的皇子只活了两岁。元妃就和胥持国拥立卫王永济登上了帝位。可卫王没有完颜璟的诗情画意，他不需要一个用诗词歌赋参政的侄媳。所以就和胥持国找了个罪名将元妃赐死了！同时赐死的还有她的父母。她的一兄一弟也被追回职务，流放去了远方。

元妃自尽的地方是她曾经织布的织室。她的织布机还在。五尺粗布足以让她玉陨香消！李师儿从这里进了宫，又回到了这里。宫廷生活在她的身上划了一个圈。

没有去当完颜璟御前大乐师的张建把元妃的尸骨运到了她的故乡渥城，水葬在白洋淀的荷花池内。

从此，世上少了元妃，留下了元妃荷。

静 修 院

我的老师刘因真是个怪人。他放着朝廷命官不做，放着锦衣玉食不享，放着豪华宫殿不住，却偏偏提前住到了墓穴里。可有意思的是，我却当了他的掘墓人。

老师确实有病。我说的是身体。他本来就有风痹病，最近又死了儿子，忧心之余，又得了疟疾。刚过四十岁，就变得形体癯瘦，须发斑白。我们做弟子的，都看着心疼。我就劝他，"老师，朝政又要更新，大元皇帝既然来了圣旨征召你，你就去吧。你的病不厉害，去了御医肯定会给你治好的。再说了，你去了朝廷，把我们几个弟子带去，我们把静修书院搬到大都去办，那是多好的事情啊！"

没想到我的话惹恼了老师。他瞪着眼指着我的鼻子教训道，"李道恒你再说这样没骨气的话，你就离开静修书院。你赶紧去驿馆，把使者留下的圣旨和马匹退回，让他把我这封辞官书转给皇上。我不去大都，我就在三台镇！"老师话没说完，已经大咳不止了。

我不敢吱声，诺诺欲退。老师又把我叫住了，"还有，回来后，你和梁泰一起，到白洋淀千里堤上，找个好地方，给我造一个墓穴吧！"

就这样，老师成了皇帝的不召之臣，我成了老师的掘墓之人。

我和我的师兄梁泰扛着锹镐来到了千里堤上。我们在一个春风吹拂桃花灿烂的开阔处停了下来。就是这里了，梁泰拉住了我，他开始用脚左右丈量着。这里能望见浩浩渺渺的白洋淀，能望见楼阁依稀的安州城，更能望见弥漫着程朱理学之气已成北方泱泱大学的静修院。我仿佛看到了老师清瘦的身影，看到了莘莘学子静神谛听的样子，仿佛听到了老师的洪钟大吕之声：宝符藏山自可攻，儿孙谁是出群雄？幽燕不照中天月，丰沛空歌海内风。赵普元无四方志，澶渊堪笑百年功。白沟移向淮河去，止罪宣和恐未公！这是老师那首著名的七律《白沟》。老师世代业儒，感念前朝。地不动，水在流，而天却变了。从这首诗中，我觉出老师还没有从金、宋的笼罩中走进元朝。既然这样，我不明白，此前老师为什么还有一次出仕的经历呢？

我憋不住，就问已经开始掘地的梁泰。梁泰停止了劳动，擦一把汗水，拉我在桃树下坐了下来。"师弟，老师命苦啊，他三岁识字，六岁能诗，七岁能文，可他一出生母亲就难产而死，八岁上父亲和祖父又一起没了。他连给老人办丧事的钱都没有。亏了他的继母领着他找到了翰林侍制杨恕帮忙，才把祖父和父亲安葬了。就因为记挂着杨大人的恩典，想还他的人情，所以老师就在杨大人和河北道提刑按察使不忽木的引荐下，来到了大都，擢拜承德郎、右赞善大夫。老师是大儒，但他不单单想读书，他还想从政。因为，太子真金礼贤汉儒，推行新政。老师想完成他父亲没有完成的意愿。他父亲只做了个小小的武邑令，最后穷困而死。老师穷怕了，老师想凭自己的学问博得富贵，兼济天下。所以老师就站在了真金和不忽木的立场上，积极地参与新政。可太子没能斗过忽必烈宠信的阿合马一帮人，他们谗言称太子想夺皇位，结果被皇帝废了太子。真金这回怕了火，竟然惊吓而死，成了朽木。老师寄托在真金太子身上的希望破灭了，他称母亲有病就辞了官，回到了三台镇隐居。对了，道恒，你读过老师那首《秋莲》吗？那就是他回到三台镇写的。瘦影亭亭不自容，淡香杳杳欲谁通。不堪翠减红销际，更在渊清月冷中。""拟欲青房全晚节，岂知白露已秋风。盛衰老眼依然在，莫放扁舟酒易空。"我接着师兄的茬口吟了出来。我说，"我不但读过，我还知道老师这样一隐居就是二十多年。在你父亲梁浩然的帮助下，老师创办了静修院。潜心研究学问，写诗教学，不与公卿来往，独享淀水之乐。可老师的名气却大得如日中天。在北方，谁不知道崇尚'静以修身'、有诸葛孔明之誉的静修先生呢？所以，忽必烈明白了太子新政的意义，相继诛杀了阿合马和尚书右丞相桑哥后，又回头来诏老师回朝。这回忽必烈老小子给的可是集贤大学士、嘉算大夫，官居三品哪！师兄，这是多好的事情啊，你说老师为什么不去呢？不去也就罢了，还骂我，还让我俩来给他造墓。我见过人没死把棺木就造好了的，我可没见过人没死就自己掘土造墓的。嘻嘻，老师真是个怪人！"

梁泰拍拍我肩膀，站了起来。他透过桃花的间隙，向天空望去。一行白鹭从芦苇丛中飞向了青天。"老师一点也不怪，老师是想做那飞向青天的白鹭，可老师觉得他不是白鹭。老师其实是想一生不戚戚于贫贱、不汲汲于富贵的，可他曾经一时冲动，去了朝廷。这是他一生的悔啊！他就在这悔中折磨着自己，痛苦着自己。老师有了病。这病不是风痹病，不是疟疾，也不是因为儿子夭折了，是心病啊！你说老师有了这样的心病，他还能再去参与政治，再去参与宫廷之争吗！老师让我俩提前掘墓，是想让痛苦加剧，是想让死亡提前来临，是想要白洋淀的轻风和清水来过滤和洗刷他曾经的出仕之耻啊！"

我不再说话，我默默地拿起铁锹，拼命地干起活来。我的汗水和着泪水哗哗地流淌下来。

坟墓掘好后，我的老师刘因住了进去。伴随着他的是满满一坟墓的书稿和不断凋谢的桃花。

坟墓前的桃花变成桃子的时候，年仅四十五岁的老师与世长辞。他的坟前，围满了悲伤的白鹭。他的身后，伫立着肃穆的静修学院。

忠 魂 补

瓷碗片：别看嘉靖皇帝尊道，可廷杖大臣从不含糊。他曾经同时廷杖过一百二十四名大臣，十六人当场暴毙。亏了监刑官脚尖闭合，没有照实打，杨继盛才得以活命。可即使这样，他也腿骨折断，腿肉尽烂。在昏迷中他被拖回了诏狱牢房。那个看管他的老狱卒嘟哝着，"这不是杨大人吗？怎么你又来了呢？这地方哪能常来啊！"老狱卒给他简单包扎了一下伤口，等他醒来，就偷偷地把一个瓷碗端到了他的面前。狱卒说，"这是王世贞大人送来的蟒蛇胆，可以清热止痛的，你快喝了吧！"杨继盛靠着墙坐起来。他喘着气，慢慢接过瓷碗，看着碗中漂浮的蛇胆，他仿佛看到了好友的一片心。但他没有喝下去，他说，"我杨继盛自己有胆，用不着蛇胆！"说着就把瓷碗往地上摔去。瓷碗碎了，蛇胆带着血迹飘走了。我就是碎在地上的一块瓷碗片。我被杨继盛抓到了手里。本来我以为他会用我割断自己的喉咙的，可我错了。他用右手捏着我，用我并不锋利的茬口，去刮去割感染腐烂的碎肉。我深入肉里，深入腿里，我快意在血腥和恶臭里。我在杨继盛骨头的边缘上发出了咯咚儿的声响，银白色的骨头慢慢显露。可还有一根筋在晃悠，我就向筋割去。筋很柔韧，不容易断。我不停地割，甚至被筋磨得有些发紧。就在我的茬口和棱角快被磨圆的时候，筋终于断了。我被杨继盛扔在地上，我听见了他舒畅地喘了一口长气。一群苍蝇扑了过来，包围了我和那团割下的烂肉。

诏狱卒：杨大人是第二次被投进诏狱的。他爱管闲事的老毛病又犯了。他第一次管闲事管的是大将军仇鸾。按说作为礼部主事，管这事也管得着，可人家仇鸾是谁？是内阁首辅严嵩的干儿子。这事就有些难管了。杨大人偏就知难而上，越过严嵩，给嘉靖皇帝上了一个《"十不可五谬"疏》，弹劾仇鸾。那仇鸾的作为确实有失大明体面。蒙古鞑靼俺答汗部引兵南下，逼近北京，皇帝让他带兵御防。你猜他怎么着？不让军队抵抗，反而与俺答汗暗地讲和，又谋求通商互市。俺答汗不费一兵一卒，占了地盘，还抢掠了金银财宝和美女，当然乐意。可杨继盛不乐意了。他说仇鸾议和示弱，有辱国体。皇帝本来要治仇鸾罪的，那严嵩就给他辩解说他有安抚胡人之才能，又说杨大人好战，总想挑起战火，耗费大明财力物力。而最要紧的是关键时候，仇鸾把自己的爱妾献给了皇帝。你猜皇帝怎么着？就把杨大人下了诏狱。多蒙王世贞和徐阶保奏，他才出狱，被发配去了甘肃狄道，做了个小小的典吏。后来，仇鸾和严嵩争宠，严嵩就把仇鸾请降求和的事情端出来了，仇鸾就给吓死了。皇帝才把杨大人又召回了京城。严首辅给杨大人接风洗尘，大赞他在狄道的政绩。又把杨大人的职务一年四迁，最后让他做了兵部员外郎。要是换了我，做这么大的官，咱早就感激涕零，投到严大人门下了。可不知杨大人怎么想的，偏就不领情。又鼓捣出来一个《请诛严嵩疏》，列举了严大人五奸十罪，死劾严大人。皇帝是在道观炼丹的时候看的这个奏折，还没等他醒过神来，严大人就送来了一篇辞藻华丽、文采飞扬的青词，颂扬嘉靖尊道教敬天地的壮举。然后又对皇帝说，"杨继盛非难皇上，说吾皇疏于朝政，装神弄鬼，连宫女都想勒死你呢！"皇帝就怕旋风揭他的短，一怒之下就又把杨大人下了诏狱。这回可没有上次幸运了。进来的那一天，就受了廷杖一百的处罚。杨大人，你是一根筋，你说你傻不傻？

杨张氏：我是在白洋淀畔的保定府跟随杨继盛走进官场的风口浪尖的。一路颠簸着，惊吓着，根本没有享受到应有的夫贵妻荣。也许他不该出来做官。他懂诗词歌赋，懂音律器乐，他更适合搞艺术。他是苦出身，母亲早亡，从小就给人放牛。继母待他很不好，十三岁才让他读书，三十二岁才中进士。直到现在满打满算他出仕才六年啊！他不会见风使舵，不会巴结逢迎，更不会隐瞒自己的观点。我常让他向徐阶学着点，斗不过人家就先忍了吧。可他脖子一梗，我就是我，凭什么学人？其实第一次从诏狱出来我是主张回白洋淀老家的。他却说听皇上的，皇上让他去哪里他就去哪里。他还说，"我就不相信皇上永远会被他们蒙蔽。"于是我们就来到了狄道。在狄道，为帮助穷苦孩子读书识字，他把自己的马和我的衣服首饰都卖了。你说天底下哪有这样的傻官啊！当皇帝再一次召他回京的时候，他喝醉了，挥泪写下了"铁肩担道义，辣手著文章"的对联。他对这次回京寄予了厚望啊！可是他仍然没改他的老毛病。严嵩不是仇鸾。与严嵩斗，无疑以卵击石。这下惨了吧！严嵩肯定会要他的命的。他一日不死，就总是严嵩的心病。可有什么办法让他不死呢？我想来想去，决定向皇帝上书，如果非得定他死罪的话，就让我替他去死吧！他还不到四十岁，还能为大明做很多事情。我找到了严嵩，我把奏折交给了他。

诏狱卒： 杨夫人也傻啊！你不应把奏折交给严大人，你应该交给皇上啊！你交给严大人他还能递上去？没办法，严大人现在比杨大人在皇上那里更大人。这是满朝文武都知道的常识。严大人让谁死谁就得死。

瓷碗片： 杨继盛死了。他被处斩于京城西市。临行前，他写下了一首绝命诗：浩气还太虚，丹心照千古。生平未报国，留作忠魂补。现在，这诗稿沾着他的血迹就压在我的身下。我感觉身下的纸片在黑暗的诏狱里炽烈地燃烧。我成了一块燃烧的瓷碗片。

诏狱卒： 我带着那块滚烫的瓷碗片和诗稿来到了杨府，发现那个比杨大人更傻的杨夫人自缢身亡了。我没有回诏狱，我辞了职。七年后，严嵩被礼部尚书、东阁大学士徐阶斗倒。皇帝为杨大人建了一座旌忠祠，我就去那里做了看守。

岸 上 鱼

　　红鲤逃离白洋淀，开始了在岸上的行走。她的背鳍、腹鳍、胸鳍和臀鳍便化为了四足。在炙热的阳光和频繁的风雨中，红鲤细嫩的身子逐渐粗糙，一身赤红演变成青苍，漂亮的鳞片开始脱落，美丽的尾巴也被撕裂成碎片。然而红鲤仍倔强而执著地行走着，离水越来越远。

　　其实红鲤何尝不眷恋那清纯澄明的白洋淀水呢？那里曾是她的家园呀！那荷、那莲、那苇、那菱，甚至那叫不上名来的蓊蓊郁郁密密匝匝的水草，都让她充满了无尽的遐想。她和她的父辈母辈、兄弟姐妹在这一方碧水里遨游、嬉戏、生存，实在是一种极大的快乐啊！更何况红鲤是同类中最招喜爱、最受羡慕、最出类拔萃的宠儿呢！她有着与众不同的赤红的锦鳞，有着一条细长而美丽的尾巴，有着一身潜游仰泳的本领。因此红鲤承受着同类太多的呵护和太多的爱怜。

　　如果不是逃避老黑的魔掌，如果不是遇到白鲢，如果不是渔人们不停息地追捕，红鲤也许就平静地在白洋淀里生活了，直到衰老死亡，直到化为白洋淀的一朵小小的浪花。

　　厄运开始于那个炎热的夏天。天气干燥，久无雨霖，白洋淀水位骤降，红鲤家族居住的明珠淀只剩下了半米深的水。红鲤家族不得不在一天夜里开始向深水里迁移。迁移途中，鲤鱼们遭到一群黑鱼的袭击。那是一场心惊肉跳的厮杀。黑涛翻腾，白浪迸溅，红波激荡，鲤鱼们伤亡惨重。最后的结局是红鲤被黑鱼族头领老黑猎获，鲤鱼们才得以通行。

　　其实老黑早就风闻着垂涎着红鲤的美丽，因此老黑有预谋地安排了这次伏击战。老黑将红鲤俘获到他的洞穴，以一个胜利者的姿态享受着红鲤，折磨着红鲤，糟蹋着红鲤。红鲤身上满布齿痕和伤口，晶莹剔透的眼睛不几天就暗淡了下去。红鲤忍受着、煎熬着，也暗暗地寻找着逃跑的机会。

中午是老黑最为倦怠的时刻。为逃避渔人们的捕杀，老黑不敢出洞，常常是吃完夜间觅来的食物后便沉入梦乡。就是中午，红鲤悄悄地挣开老黑粗硬尾巴和长须的缠绕，轻甩尾鳍，打一个挺儿便钻出了黑鱼洞，浮上了水面。红鲤望见了水一样的天空，望见了鱼一样的鸟儿，望见了树叶一样飘浮的渔船。老黑率领一群黑鱼一路啸叫追逐而来。红鲤急中生智，躲到了一只渔船的尾部。她看到渔船上那个头戴雨笠的年轻渔人甩出了一面大大的旋网，旋网在空中生动地划一个圆，便准准地罩住了黑鱼群。

红鲤扁扁嘴，一个猛子扎入深水，向远处游去。接下来的日子，红鲤开始了对红鲤家族的寻找。寻找一度成为红鲤生命的主题。在寻找中，红鲤的伤口发了炎，加之不易觅食，又饿又痛，终于昏倒在寻找的水道上。

这时，白鲢出现在红鲤的生死线上。白鲢将红鲤拖进了荷花淀。白鲢用嘴吮吸清洗红鲤的伤口，一口一口地喂她食物。红鲤便复苏在白鲢的绵绵柔情里。

荷花淀里便多了一对亲密的丽影。红鲤红，白鲢白，藕花映日，荷叶如盖。红鲤和白鲢在无数个白天和夜晚听渔歌互答，看鸥鸟飞徊，享鱼水之欢。白鲢就对红鲤说，"天空的鸟自由，也比不过我们呢，它们飞上天空，不知被多少猎枪瞄着呢！"红鲤就提醒说，"我们也不自由呀，荷花淀外的渔船一只挨一只，人们各式各样的渔具，都在威胁着我们，说不定哪一天我们就会成为网中之鱼呢！"

果然，不幸被红鲤言中。一个午后，白鲢和红鲤出外觅食，兴之所至，便远离了荷花淀。他们穿过了一道又一道苇箔，绕过一张又一张粘网，闪过一只又一只鱼叉，快活地畅游、嬉戏、交欢。他们来到了一个细长而悠邃的港汊间。这时，一只嗒嗒作响的渔船开过来，白鲢看见一柄长长的鱼竿伸下，一个圆乎乎的铁圈拖着长长的电线冲他们伸来。白鲢用尾巴一扫红鲤，喊了声快跑，便觉一股电流划过，一阵晕眩，就失去了知觉。

红鲤亲眼目睹了白鲢被渔船归翻打捞上去的经过。红鲤扎入青泥中紧贴苇根再不愿动弹。她陷入了绝望和恐惧之中。一个越来越清晰的念头强烈地震撼着她：

离开这里，离开水，离开离开离开……

天黑了，一声炸雷响起，暴风雨来了。红鲤缓慢地浮上水面。暴雨如注，水面一片苍茫。红鲤一个又一个地打着挺儿，一个又一个地翻着跟头。突然又一阵更大的雷声，又一道更亮的闪电，红鲤抖尾振鳍昂首收腹，一头冲进了暴风雨，然后逆流而上，鸟一样跨过白洋淀，竟然飞落到了岸上。

那场暴风雨过去，红鲤便开始了岸上的行走。

此时红鲤的腹内已经有了白鲢的种子，可悲的是白鲢还不知道，他永远也不会知道了。就为了白鲢，她也要在岸上走下去。

红鲤不相信"鱼儿离不开水"这句话。她要创造一个"鱼儿离水也能活"的神话，她要寻找一块能够自由栖息自由生活的陆地。

那个夏天过后，陆地上出现了一群行走着的鱼。

焚　　船

　　青年渔民杆子租了秋邦宗一条船。

　　秋邦宗是白洋淀的大户，有几百条船，还开着一个渔行。每逢收淀的傍晚，秋邦宗就戴着金丝眼镜，擎着水烟袋，领着一群人来渔行收鱼。渔民们的船靠了岸，满篓满篓活蹦乱跳的鱼过了秤，汇集在一条扯满帆的大船里，然后顺淀而下运到天津卫码头。第二天，京津两城的大街小巷就有人叫卖白洋淀活鱼了。秋邦宗就靠这发了家。

　　很低廉地交完鱼，扣除船租，捏着几张卷了边的纸币，杆子和伙伴们就都苦了脸，相对叹一口长气。郁郁地回家，杆子将蓑衣一甩，大脚板一跺，恨恨地对女人嚷，"娘的，什么时候老子才有一条自己的船呢？"

　　这种欲望就一直燃烧着杆子。杆子天天去深水捕鱼，早出晚归。每天晚上，女人就抱着孩子倚门而望。听到厚重的脚步声回了，女人提到嗓子眼的心才落回肚里。汉子进屋，女人就把粗茶淡饭和温柔体贴一并端给丈夫。饭毕，杆子先是把血汗钱塞给女人，之后就拉过女人。女人就很心疼地搂紧汉子，吮吸着他身上的血腥味和汗味，俏丽的脸就洋溢了幸福和愉悦。

　　那天，杆子又去捕鱼。淀上骤起大风，小船经不起狂风巨浪的冲击，散架沉了。杆子抓着一块船板在风浪里漂泊了两天，被人救起。

　　杆子又来向秋邦宗租船。秋邦宗仰在太师椅上咝咝地吸了半天水烟袋，才说，"杆子，那条沉船值十几块大洋呢！十几块大洋说没就没了，你怎么赔？"

　　"俺再去捕鱼，媳妇织席打箔，卖了还你！"杆子说。

"哈哈哈，杆子，听说你媳妇很娇嫩呢！"秋邦宗从太师椅上站起来，"很娇嫩的女人怎么可以干那粗活笨活呢？"

"杆子，我倒有个主意，不知你愿不愿意。我家眼下正缺个奶妈，你女人如肯来一年，船就不用赔了。"秋邦宗说。

"另外呢，我再租给你一条新船。"秋邦宗又说。

女人就进了秋家当奶妈。杆子就背着儿子去捕鱼。十天半月，夫妻俩才见上一面，不满周岁的儿子就靠吃百家奶活着。

渔家的日子就在贫穷与渴盼中挨过。一个晚上，当奶妈的女人突然就回来了。她颤抖着抱起消瘦的儿子，解开怀，给孩子喂奶。孩子就贪婪地吸着。

"回来啦！"杆子说着，就去扳女人的肩。女人挣脱汉子，放下孩子。转过身来，女人的脸上就挂了两道泪痕。

"杆子，俺……俺被那老东西脏了身子。"女人说。

"什么？"杆子一激灵，双手钳住了女人，怒声问，"你怎么就肯了呢？你怎么就肯了呢？"

"起初俺是不肯的。后来……后来他拿出十块大洋放在俺手里。俺就想起你，想起你没日没夜地受累，想起你要置买一条自己的船，就接了……"

"十块大洋，你就肯了？"杆子眼里冒了火。

"嗯哪！"女人偎过来，将十块大洋掏出递给汉子，"杆子，这回咱可以有自己的船了。"

杆子的手劈在了女人脸上，十块大洋就飞散在低矮的渔家小屋里，"船船船，老子就单是为了船？娘的！"

女人捂着肿起的脸，跪着爬着去拾大洋。杆子将一葫芦烧酒倒进肚里，捶打着头颅，顾自睡去。

早晨醒来，杆子不见了女人，只见儿子甜甜地睡着，身边整齐地摆着那十块光亮亮的大洋。

淀里却漂起了女人的尸体。

杆子捞起女人，葬了。跪在女人的灵前，杆子的拳头捶进地里，有半尺深。

一个姣好的月夜，秋邦宗的渔行突然起了火。几百条渔船在熊熊大火中就化为了灰烬。

后来，白洋淀少了一个捕隹的汉子，多了一个背着孩子的水匪。再后来，日本鬼子侵占白洋淀的时候，听说那水匪拉着一竿子人马，投奔了抗日武装雁翎队。

熏　鱼

　　白洋淀鱼多，品种多，产量也多，淀边的人便生出许多巧吃来。熏鱼是其中一种。

　　老舱是做熏鱼的高手。做熏鱼最好是用平鱼、鲅鱼、鲢鱼。先是剖腹洗净，取来荷花淀水加上作料腌上，汁水被鱼吸净后煮熟，再把鱼放在特制的竹笼里熏。笼下的火要极柔软的，需柳木锯末而生。别人也都这么做，但远不及老舱做得好。

　　老舱做的熏鱼，看上去微黄透明，吃一口喷香怡人。最妙的是吃一块熏鱼，喝一口老酒，一月之内管保你回味无穷。淀边的人都说，不睡女人行，不吃老舱的熏鱼不行！听到这话，老舱的大嘴就咧到了后脑勺。淀边水乡，红白喜事，做生日过寿诞，谁需要熏鱼，老舱保管准时送到。因此，老舱的日子倒也过得滋润。

　　人们知道老舱熏鱼是有绝招的，文章就在腌、熏的作料上。于是，有的人就提着几葫芦酒来讨教老舱了。

　　"老舱，咱爷儿们不错是吧？怎么你的熏鱼就比别人的熏鱼好吃呢？"来人说。

　　"是呀。"老舱说。

　　"老舱，到底你用的作料有什么特别的？能不能把秘方告诉咱爷们儿？"

　　"是呀。"老舱说。

　　"老舱，你看你又没个小子，这秘方不告诉咱爷们儿还不失了传？"

　　"是呀。"老舱又说。

　　来人就不再言语，他知道再问下去也是白问，老舱不会说的。

来人赤红着脸走后，老舱的女人就说，"他爹，你看你也真是的，人家好心好意来问你，你该给人个痛快话。你看你光说是呀，不冷了人家？"

"你懂个屁！"老舱说，"都说秘方传儿不传女，俺就传给俺闺女。"老舱说着，就从炕上抱起女儿，抚着她的头说，"闺女，爹把你当成小子呢！小子，叫爹！"

"爹！"八岁的女儿就叫了。

卢沟桥一声炮响，日本兵说来就来到了白洋淀。千里堤畔安上了炮楼子。清澈的白洋淀水连同水乡人的日子就逐渐暗淡下去。老舱的熏鱼也就好久不做了。

清明前的一天，老舱女人带着女儿回旱地上的娘家，归途中被两个日本兵糟蹋后，挑了。母女俩的尸体横陈在白洋淀边，鲜血染红了白洋淀水。老舱得到消息后驾船赶来，扑在女人和女儿的身上，晕死过去。那天，淀边积聚了好多人。女人们伤心地抹泪，汉子们将拳头握得嘎巴嘎巴响。

大汉奸秋邦宗领着两个矮胖的日本兵来到了老舱家。指着大淀指着老舱的熏笼，日本兵呜哩哇啦了一通。秋邦宗对老舱说，"老舱兄弟，坂丘小队长的太太从大日本帝国来慰问皇军，她想尝尝白洋淀的熏鱼。我们特地请你来了！"

老舱当时正给一堆鱼开膛，听了日本兵的哇啦和秋邦宗的翻译，老舱把盛鱼的大盆踢翻了。"不去！"老舱斜了秋邦宗一眼，鼻子里哼了一声。

日本兵的战刀就架在了老舱冒着青筋的脖颈上。

"去不？"秋邦宗问。

"不去！"老舱眼前浮现出女人和女儿的尸体，闭了眼。

"八嘎！"日本兵一用力，老舱的脖颈就在颤抖中渗出血来。

"去不？"秋邦宗又问。

"去。"老舱咧了咧嘴，睁开眼，点头应了。

老舱进了炮楼。老舱做了熏鱼。两盘上好的熏鱼摆在坂丘小队长和他太太的面前。身穿和服粉脸黛眉的坂丘太太哟西哟西着，夹过一块熏鱼就要往嘴里送，坂丘一把将她挡住了。"你的请，"坂丘将那块熏鱼夹给老舱。老舱知道坂丘的鬼心眼想的什么，他张嘴接了鱼，蛮有滋味地咀嚼着。老舱熏的鱼不少，可吃自己熏的鱼却是第一次。咽下鱼去，老舱就明白为什么水乡人爱吃他的熏鱼了，是好吃。"好吃"，老舱冲坂丘一躬身，很谦恭地说，"太君你请！"

坂丘就和女人放心大胆地吃起来，吧唧吧唧吃得山响。那日本女人吃到兴处，就张着油嘴来啄坂丘的脸，坂丘搂过女人，将一口酒就吐到了她迷人的小嘴里。

老舱经常出入炮楼了。他极卖力地熏着鱼，为坂丘和他的一小队日本兵。撑船打鱼的水乡人就拦住老舱骂道，"操你妈老舱，小鬼子是你爹呢！你怎么就忘了你的女人，你下贱，你比秋邦宗还下贱呢！"老舱听到骂声，低垂了头，绕开众人，木木地去了。

老舱依旧给日本兵熏鱼。

春上，千里堤柳绽鹅黄的时候，日本兵和抗日雁翎队在荷花淀交了火。坂丘打了胜仗。打了胜仗的坂丘就又想吃熏鱼了。大汉奸秋邦宗又来到老舱的家。

"老舱兄弟，坂丘队长又请你去做熏鱼呢！"秋邦宗说，"我在淀里搞了一船鱼，都是活蹦乱跳的大鱼呢！"

"这回你要使尽绝招好好地熏。卖了力气，皇军会重重地赏你呢！"秋邦宗说。

"鱼多，吃的人也多，你可要带足作料哇！"秋邦宗又说。

"知道！"老舱应着，就去准备作料，从柜里取出三大包，又从炕下摸出一小包。揣在怀里，老舱就随秋邦宗出了家门。

洗、淹、煮、熏，弄了两大锅，老舱就在坂丘夫妇赞赏的目光里极虔诚地忙活着，汗水和热气就模糊了他日渐消瘦的脸。三大包作料用完了，老舱又飞快把那一小包散落在熏笼里。顿时，香味就蓦地弥散开来，钻出熏笼，钻出岗楼，飘到淀边的船上。船民们闻到这前所未有的奇香后，就知道老舱又在给日本人熏鱼了。"娘的，老舱这鱼是越熏越香了。这么香的鱼咱们吃不上，倒都让他日本爹们享用了！"人们骂着，同时就都吸溜了一下鼻子。

最早觉出苗头不对的是个孩子。那孩子说，"炮楼里的鬼子十来天没见动静了。""是呢，怎么就没动静了呢？"渔民们也说，"怪了，老舱怎么也不见回呢？"

渔民就把这情况报告了雁翎队。雁翎队就开始攻打炮楼。没遇抵抗，他们就呐喊着，冲进了炮楼。冲进去的人们就吃惊地看到了这样的情景：坂丘和他的日本兵都七窍流血，横躺竖卧在熏笼前，尸体早僵硬了。那两大锅熏鱼吃得只剩了鱼刺儿。

老舱呢？老舱呢？人们就明白了这一切。明白了这一切之后就又想起他们骂过的老舱。

在坂丘的卧室里，人们找到了死去的老舱，他的身下还有一个日本女人。

马涛鱼馆

渔船像口锅，翻扣在千里堤上。马涛也顾不得锅底的黑，一屁股坐在了锅上，一边抹着汗一边对旁边气喘吁吁的马柱说，"淀干了，爸！"

是干了。马柱还在猫腰撅腚地擦拭船上的泥土，头也没抬。他想在船上涂一层油漆。爷儿俩刚刚把船从白洋淀里拖到了岸上晾晒。

"你涂漆也没用，淀干水净，没鱼了，船也没用了。"马涛眯缝起眼睛瞅着越来越强烈的阳光，"这死老天爷，也不下场大雨，莫非让人心也要干透了？"

马柱没听儿子抒情，拿着油漆瓶子和毛刷过来说，"马涛你起来。"

"我起来干吗？"马涛依然瞅着阳光，他已经瞅出了一个花花绿绿的世界。

"你起来我刷漆！"

"你刷吧，我起来你屁吧！你好好刷！"马涛说。

"可我起来，我就走了。"马涛又说。

"你走我也得刷。我就不信这白洋淀不来水！"马柱拽了儿子一把。

马涛就起来，从堤坡的小柳树上摘下他那件红色的衬衣，头也不回地走了。

马涛去了县城。离开了水的马涛徘徊在阳光下的城市里，感觉自己像一条行走在岸上的鱼。城市也是干的，城市里没有港汊，没有芦苇，更长不出荷花来。马涛把那件红色的衬衣脱下来，用手举过头顶，开始在大街上奔跑。衬衣就在风中铺展成一朵硕大的荷花。

能制作荷花的马涛在一个烹饪培训班里学习。不久，他应聘到一个单位做厨师。一天一顿午饭，马涛的活计就很清闲。干完活儿，还可以到传达室和警卫、保洁工聊天儿看报，侃侃世界杯什么的。马涛就觉得自己也成了单位的人，甚至产生了转正、找个城里对象的想法。他把这想法和食堂服务员温小暖说了。温小暖就笑着说，"马涛你可真逗，你要是能转正，我他妈都当局长了。"马涛听了这话，像泄了气的皮艇，一下子蔫在了水面上。

温小暖的打击刚刚过去，单位就换了个领导。新领导一上任就约法三章：全体职工中午一律回机关吃饭；有宴请也要在食堂安排；食堂要一天一个菜谱，保证饭菜的多样化。

吃饭的人多了，马涛就变得忙碌起来，再没有聊天儿看报侃足球的时间了。忙倒没关系，问题是众口难调。这些富老爷在外面吃顺了嘴，回到食堂不习惯，不是熬菜嫌咸了，就是做鱼嫌淡了，絮絮叨叨的指责让忙得一头汗水的马涛心里冷冷的。最不能忍受的是那天新领导的发火。那天本来领导吃得胃口挺好，还和大家有说有笑的。可吃着吃着就皱了眉，他从嘴里拽出了一根金黄色的头发。领导就把筷子啪地一摔，"马涛你看这是什么？是不是白洋淀里的草？我要扣你的工资！"

被扣工资的马涛就辞职不干了。临走前，他拿过一把大剪刀，找到正在午休的温小暖，咔嚓咔嚓把她染成金黄色的长发剪了个精光。

马涛又行走在城市的阳光里。他又一次把那件红色的衬衣举过头顶，让它招展成一朵盛开的荷花。招展完了，这朵荷花就飘落在黄家鱼馆的屋顶上。

黄家鱼馆的老板收留了马涛，喜欢上了马涛，并把家传的全鱼宴制作秘方传给了马涛。一时间，马涛成为全鱼宴的名厨。在他的主厨下，黄家鱼馆成为县城一个热闹的去处。

在品尝全鱼宴的人流中，温小暖来了。马涛看见她的头发长出来又染成了金黄色，像一条黄花鱼。跟在黄花鱼后面的竟然是单位的新领导。那天，马涛亲自给他俩上的菜。马涛笑吟吟地对领导说，"领导，你不是不到外面吃饭吗？怎么还带了个俄罗斯小姐呢？"

领导就十指交叉地笑着，"马涛，是你小子呀！这不是什么俄罗斯小姐，她现在是负责后勤的温主任，我带她是来向你学习的！"

马涛就把一条红烧鲇鱼端到了他们面前。他在鲇鱼肚子里填上了一团头发。

马柱终于在黄家鱼馆里找到了马涛。那时马涛正和黄老板的女儿黄春健高兴地数钱。马柱啪一下就给马涛一个脖拐儿，"你小子在这里玩开心了，我和你娘想你都想疯了！"

马涛就被扇蒙了，被扇乐了。马涛对春健说，"这是咱爸，你快去倒水！"

"爸，你早不来晚不来，偏偏在这鱼馆红火的时候来。你来了，我就该回了！"马涛把钱放好，捂着半边脸说。

"小子，白洋淀来水了，我那鱼船又可以下淀捕鱼了——"

马涛站起来，撇撇嘴，"就你那破船？早过时了。我要买一艘快艇，还要把咱家临堤的房子拆了，盖个饭店。告诉你，不叫黄家鱼馆，也不叫马柱鱼馆，就叫马涛鱼馆！你说行不行？"

"你是说你答应回家了。"马柱举起手来，又给了马涛一脖拐儿，不过这次没扇响。

马涛点点头，把马柱摁在了椅子上，望着鱼馆外面的车流人流和高楼大厦，慢慢地说，"爸，城市好，可城市是别人的城市，不是我的。我的家在白洋淀，在千里堤上。"

一个月后，风生水起的白洋淀边，荷香飘逸的千里堤上，马涛鱼馆正式开张迎客了。

芦苇花开

芦苇花开时节，鱼雁回到了采蒲台。

那天，鱼雁一下公共汽车，就碰上了千里堤上马涛鱼馆的老板马柱哥。虽然多年不见，但马柱还是一眼就认出了当年水乡出了名的渔家靓妹。鱼雁从车上下来走到码头的时候，马柱正在给他的快艇加油，见了她，一下子就把油桶扔在了堤坡上，"哎呀呀，这不是鱼雁妹子吗？你也知道咱白洋淀引来黄河水了，这是回家旅游来了？你走这么多年，可忒该回来看看了。怎么你自己？孩子呢？妹夫呢？"

鱼雁就红一下脸，反问，"怎么柱哥，我自己回来咱白洋淀就不欢迎了吗？"

"瞧你说的，欢迎欢迎！俺们巴不得你和妹夫全家从城里搬回来呢！"马柱哥搓着油手笑着，"那天我和老等兄弟还念叨了你半天呢！"

听了这话，鱼雁像一朵盛开的荷花突然经了霜，霎时凋零了不再年轻的脸。过了好久，她才慢慢地缓过来，"柱哥，别提我的家好吗？我没家了，以后白洋淀就是我的家。真的，我这次回来就不走了！"

鱼雁说得不错，就在昨天，她和丈夫蒙古办理了离家手续。说是离家不是离婚，是因为婚早就离了。房子钱财全部归她，上大学的女儿他来供给。他要的是自由。协议写好以后，两人签了字，蒙古就急忙下楼钻进了那个女人的本田车，然后一溜烟地飞走了。

爱情远遁，婚姻如砸碎了的玻璃，扎破了二十多年的时光。所有的一切都在时光里无情地渗漏。蒙古啊蒙古，你人都走了，我还要这房子和财产有什么用？

我鱼雁当初可不是冲着你的房产才嫁给你的，我看重的是你能给我一种新的生活。那时候，白洋淀发现了油田，你们钻井队来这里采油，你就住在我们家。我给你做小鱼贴饼子，炖鲶鱼豆腐，熬黑鱼汤……你知道那鱼是哪里来的吗？那是老等哥光腚下淀捉来孝敬我爹娘的。可我都偷着给你吃了。你吃了鱼不算，还把我也当鱼吃了。你说我这条鱼才是真正的鱼，白洋淀千百年来才出这么一条美人鱼。你还说，我这样一条美人鱼如果永远游在白洋淀里，那是白洋淀的残忍。于是你就把我带走了，带到了刚刚兴起的那个华北石油城。我走了，我的爹娘高兴，我终于可以成为城里人吃商品粮了。可我的老等哥傻了。载着我们的机帆船路过荷花淀的时候，我还看见他立在一只木船上，高举鱼叉用力向远处掷去。阳光里，他像一尊黝黑的雕像。鱼叉落处，必定有一条大鱼。可我不会再吃到老等哥的大鱼了。

生活中有比吃鱼更重要的东西。蒙古，我被你安排进了采油厂当工人。我和你就开始了二十多年的城市生活。直到企业改制，我们都买断了工龄，离开了工厂，生活才出现了暂时的停歇。可后来又有了个政策，说是离婚的夫妻能安排一方上班。我就和你办了个假离婚。我让你上了班。谁知，你一上班就像射出去的子弹再也不回枪膛了。再后来，你就名正言顺地有了新的女人。我再也不是你爱吃的那条美人鱼了！

我成了城里一条干涸的老鱼。老鱼开始恋水，便想念自己的水乡了。于是，我回来了。哦，梦里水乡，你可淳朴依旧？你可美丽依旧？

就在鱼雁愣神的工夫，马柱已经把汽艇收拾停当。他虽然读不懂鱼雁的心事，但他知道鱼雁再不是当年那条单纯的美人鱼了。她的心里窝着一汪水啊！他提高嗓门爽朗地对鱼雁说，"妹子别想那么多了，回来好，回来就好啊！你看俺，这些年，开了饭店，盖了楼房，买了汽艇。咱水乡的好日子比大楼高，比歌厅宽，比超市亮。你看见这千里堤没？比堤还长。你看这满淀开花的芦苇没？比它还厚实！"

"对了，你知道不？人家老等可是发财了，"马柱又说，"你说那么粗壮的一个人，过去迷逮鱼，打你走后就像变了个人似的，发了几年蔫儿，话少了，可长心了。他又迷上了苇子。我多少次开船看他，他不是在苇地里转悠，就是在屋子里鼓捣。有时候就在一捆苇子上睡了，满脸的苇缨子苇叶子。你猜怎么着？人家成了水乡远近闻名的芦苇工艺师。他用芦苇、水草当材料，剪剪、贴贴、烫烫、刻刻的，就弄成了芦苇画。然后用镜子装裱上，能卖大钱呢！听说最近还和外国人做上了生意呢！只是，只是……这小子到如今还没个老婆，唉，鱼雁，他的心里满了，放不下别人了，这个老等没死心，一直在等你啊！"

鱼雁心里窝着的那汪水就化作泪汹涌而出，哗哗地淌落在新水初涨的白洋淀里。盛开的芦花漫过来，包围了鱼雁。她赶紧别过身去，装着擦眼，抓过一把芦花把眼泪抹了。然后她笑着对马柱说，"柱哥，我不想坐快艇，你找个木船来，我要自己划回家。我想好好看看咱们的白洋淀！"

就这样，天还没完全黑下来的时候，鱼雁和船就回到了采蒲台。村口，祖先曾采蒲用的高台上，一个汉子站成了一棵树，正坚硬地等在那里。汉子的周围，飞舞着团团精灵般的芦花。

两个人的好天气

我爹终于坐上了我叔的奥迪车。

我叔坐进驾驶室，对我爹说，"哥，回哪里去？"我爹说，"老宅子。"我叔说，"不，还是去那二层小楼吧！"

那原来是我叔的二层小楼，可现在归我爹了。我叔新盖了工厂，新盖了楼房，是三层的，就把原来的二层小楼给了我爹。这个决定，就是在刚才，我叔的工厂剪彩后在他的新楼房温锅时做出的。

我爹心里没有什么准备。我爹望着他的弟弟，他的开着车的亲弟弟，心里一劲儿地瞎嘀咕，"老二是不是今儿个喝得太多了？那个二层小楼可是值二十多万呢！"

我叔和我爹是一对冤家。他们多年前就是一对冤家。那一年，他们哥俩合伙要了块八间房的宅基地。要的时候还欢欢喜喜的，可是在分配的时候，别扭就来了。宅基地一边是住户，一边临着街。哥俩都愿意临街盖房，不愿意钻过道，走路、进车都不方便。最后商定抓阄。结果我爹抓到了里面。一奶同胞的，我爹在埋怨自己手臭的同时，高姿态地说，"算了，就这样吧，老二你可要把过道留宽敞一点儿呀！"

可我娘不干了。我娘和我叔可不是一奶同胞。不是一奶同胞就要寸土必争。我娘对我叔说，"老二，你临街俺们钻过道也行，只是你要让出半间房的地方来！"我叔说，"这话怎讲？"我娘说，"不是八间房的地方吗？临街的占三间半，钻过道的占四间半！"还没等我叔说话，我婶就弹簧一样蹦了起来，"那不行，大嫂，没你说的那个瞎蛋理！"我娘说，"这理一点儿也不瞎蛋，不行？咱就换换，俺们临街盖！"

双方争执不下，就这么点儿小事，惊动了大队里的调解人。大家劝着，两家就按我娘说的达成了协议。可盖成房子之后，我叔在圈院墙的时候，高过我家一砖不说，还把过道甩得窄窄的，我爹的毛驴车都进不了过道。每到秋上麦收时，我们总是把收来的粮食卸在过道头，然后孩子和大人再肩扛手抬地往过道里面的院子里倒腾。俺们累得汗流浃背气喘如牛的时候，我婶在院子里嘀嘀地摁着她家拖拉机的喇叭，尖着嗓子唱歌："一条大河波浪宽，风吹稻花香两岸……"

那时候，我爹和我叔两兄弟，就成了冤家。

后来过了些年头，我叔却把房子扒了。他要起楼。我叔原来是生产队的业务员，生产队散了以后，那些关系户就成了我叔自己的关系户。我叔就靠自己跑汽车配件致了富，他要起二层楼。我爹是个死庄稼人，就靠耕耩锄耙土里刨食过日子，本来就被我叔的窄过道和高院墙压得喘不过气来了，如今我叔要起楼，他窝着的一肚子火终于像火山一样爆发了。他拿起刨山药的大镐，愣是把我叔刚刚垒起来的底脚砖像刨山药一样给刨了出来。

哥俩差点刀兵相见。还是经村干部调解，我叔退出半间房的地方，作为屋檐滴水之地。三间二层小楼盖起来的时候，高出了我家房那么多，而楼房与平房之间的空隙，就成了我爹和我叔心与心的距离。当那段空隙长满篱草的时候，我爹窝心地住了院。

日子在我爹逐渐弯曲的脊背上不断地碾过，读完大学的孩子们在城里都安了家立了业有了楼房，我爹还在固守着他那几亩地，那几间房，和我娘过着日出而作日落而息的标本式的农民生活。我几次接他进城，都被他拒绝了。我叔呢，多年后成了村里的首富，在村外盖了工厂，又新盖了十分漂亮的三层宽敞的住宅楼，他们一家搬了出去。工厂剪彩的那天，他给侄子侄女们都发了请柬，还亲自开着他的奥迪车来请我爹。我爹不去，我娘和大家劝了半天，才同意去，可死活不上奥迪车，说那是富家浪子玩意儿，非自己走路不可。

我们两家在我叔装修一新的楼房里温锅。我们都喝了好多的酒。我们知道过去的日子就在这温馨的酒中过去了，而崭新的日子在这新楼上才刚刚开始。大家满堂红的时候，我叔说了一句石破天惊的话："哥，你不愿跟孩子们进城，你就住那二层小楼吧！"

温完锅，我爹终于坐上了我叔的奥迪车。奥迪车从村外沿着乡村公路走进村里，把我叔和我爹带进了二层小楼前。我爹和我叔望着二层小楼，望着几间平房，望着小楼和平房间的空隙，哥俩突然就觉得心里空落落的，又满当当的，他们的眼里就有一种闪光的东西同时涌了出来……

阳光下，长满花白头发的我爹扭过头来，对同样长满花白头发的我叔说，"老二，今儿个，今儿个……天气真好！"

"是，老大，今儿个天气真好！"我叔应和着。

我爹长在果园里

娘说，"你爹迟早会变成一棵树的。"我说，"娘你真会说笑话，我爹一个大活人，怎么会变成一棵树呢？"我娘望了我一眼，就把目光移向了窗外，"不信，你到果园去看看。"

我就来到了苹果园。春天的苹果园是最能体现春天的生机的。花开成了一座山，在阳光下比赛着艳丽；蜜蜂毫不疲倦地做着它们永恒的工作，从这朵花飞向那朵花，从这棵树飞向那棵树。我嗅着苹果花的味道，我感觉那是世界上最好的味道。我懂了我爹为什么迷恋苹果园了。

我在我家那片果树丛中发现了我爹。我爹没看花的艳丽，没看蜜蜂的舞蹈，也没嗅苹果花的味道，他立在一棵开始枯萎的树前，用手一遍一遍地抚摸着树干，喃喃地说，"又死了一棵红富士。"我就在我爹的眼里和花白的头发上读出了悲伤。

十八年前，我家的果园还是一片麦地，一片绿油油的麦地。村长平原哥响应上级大力发展果木业的号召，就把我们的麦地变成了果园。树苗从县里运来了。一天之间，全村那方最好的麦田里就布满了大大小小的树坑，像一件华丽的衣服被无情的剪刀剪得千疮百孔。那时，我和我爹去种树。我挥动铁锹挖了一串坑，我爹还一劲儿蹲在地头吧唧吧唧抽地头烟儿。我走到我爹面前说，"挖吧，爹，几年以后咱就吃上苹果了。"我爹吐出了一口烟，眼睛直直地盯着麦田，叹了口气说，"麦苗都快拔节了。"

那一年，我家是全村种树最晚的一户。

　　几年后，苹果树长成了，我爹脸上的皱纹也被苹果叶子抚平了。我爹的笑声开始在苹果园里回荡，常常是震得树叶舞蹈，露珠飞动。我爹到乡林业站学了果木管理知识，便兴致勃勃管起苹果来。压枝、打杈、浇水、施肥、喷药，他是一棵树一棵树地掰活。每一个枝条，每一片叶子，都经过了他的手。我爹的手里就有了一种苹果的味道。

　　我爹很累。他一人种着十多亩地，还管着一个果园。我们姐弟先是上学，后是上班，很少帮家里的忙。我爹一年四季就长在了地里。当果园开花结果的那一年，我爹让人拉了一车砖，在果园里盖了一间小房子。我爹吃住就在果园里。我娘就天天给他送饭。我娘说，"你个老东西，干脆另找个女人一起来果园住得了，也省得我天天伺候你了。"我爹就咬一口馒头，蔫蔫地一笑，"你还不知道吧，我早找了。"我娘一瞪眼，变着嗓子问，"她是谁？"我爹就一指果园，"苹果树呗，还能有谁？"

　　采摘苹果是我们全家最欢乐的时候。我和出嫁的姐妹们都回到了家帮忙，果园里就蓄满了我们全家的笑声。我爹小伙子一样爬上树，摘满一篮子苹果，然后就对我儿子和我的外甥男外甥女们嚷，"孩子们，接着姥爷的篮子，你们敞开肚皮吃吧，我让你们吃个滚瓜溜圆。"孩子们就燕子一样乍着翅膀飞过去，争抢着篮子，篮子在他们手上跳跃着，滚动着，苹果就顺着他们的头水一样流到了地上。我看着孩子们，童心大发，我也变成了孩子。我跑上前去，同他们争抢着。我把那个最大的苹果抢到手，用衣袖擦了擦，刚要往嘴里送，我爹却从树上跳下来，一把就夺了苹果，"小子，吃小个的吧，大的卖价高呢！"

　　那一年的苹果确实卖了个好价钱，一块五一斤，我爹的手里就有了几千块钱。他便投资买了一个小三马和一台打农药的机器。我爹逢人便讲，"种苹果是比种麦子强，赶过年我能捞一万多块呢！"

　　然而第二年的情况并不好。秋季多雨，气候潮湿而闷热。茂密的果园里，苹果大量腐烂，雨一样劈里啪啦往下落。我爹想尽快处理掉那些不烂的苹果，可乡间公路软得像面条，运输的车，进不来，出不去，一万多斤苹果眼睁睁地看着变成了屎酱。我爹把这些屎酱们全部奄埋在果园里，他的脸上也沾满了屎酱。

　　接下来的年份却出奇地干旱。经常是一春无雨，河里干枯了，机井的水也少得可怜。先是一树树的苹果花由于寻不到水分的滋补，迅速凋谢枯萎，接着就是喜水的红富士苹果树一棵接一棵死亡。我爹毫无办法，他用手一遍一遍地抚摸着干枯的树干，望望不飘一丝云彩的晴空，老泪无声地滴落在苹果树下。

村里闲置多年的广播喇叭就是在这时传来村长平原哥的声音的。平原哥说，"县上已经批准，我们村要在苹果园里建一个大型汽车配件市场。"平原哥还说，"现在是工业时代，果园就不要了，三天之内全村人要把果树全部刨掉！"

苹果树是我爹的女人。苹果树是我爹的魂儿。刨完了苹果树，我爹便没有了女人，便没有了魂儿。我爹开始整天整天地不回家。我娘叫他，他不回。我叫他，他不回。我的姐妹们来叫他，他也不回。他不是围着没树的果园转圈，就是立在果园里愣愣地望天。我娘说，"你爹毁了，他不是人了，他迟早要变成一棵树的。"

我娘果然说得不错。就在五月单五那天，我去果园看我爹。我绕过筹建汽车配件市场的人们，找遍了整个果园，也没有见到他老人家的影子。在一个刨掉果树的树坑前，我真的发现我爹已经长成一棵果树了。

那是一棵枝杈和叶片都直指青天的老树。

乡 思 红

红云从娘娘河里爬上来，将湿漉漉的头发高高挽起，少女清爽爽的身子就仙女一样袅袅娜娜地向河北岸飘去。在那棵七百四十岁的嫡祖树前，她看见父亲洪钟正和一个外乡人你一言我一语地争着什么，树上倚着的竟然是聚馆村的老美女红果。

"老洪，你就别犹豫了，给你二十万怎么样？二十万买一棵快死掉的破枣树，这种事只有我温傻子才肯干！"

"不卖，这可是我祖上留下来的宝贝啊！"

"宝贝？你也不会利用。还不如卖给我，连树代根一起刨掉，你在这里好好种庄稼吧！你说，我再加十万块怎么样？"

"好，就这样定了！"这时倚在树上的红果说话了，她拦住了还想梗脖子的洪钟，对那个外乡人说，"你快去准备钱，洪大嫂正等钱治病，红云这孩子功课好，考大学也正愁学费呢！"

红云就斜了红果一眼。心说我考大学碍你屁事！你四十多了还不嫁，天天围着我爸转，巴不得我娘死了赶紧嫁到我们家呢，在外人面前装什么慈悲？还不是想卖了树分一半钱？

红云就悄悄地跟着那个叫温傻子的外乡人来到了信用社，把他拉到旁边问，"大叔，你真傻啊，怎么出那么大的价钱？"

温傻子哈哈一笑，"姑娘，我才不傻呢！我把这树弄回去，用它的接穗嫁接一片冬枣林，所有的枣树不就都成了宝贝，不就都能卖三十万的大价钱了吗？"

红云就明白了。明白了的红云转身向乡政府跑去。在阳光下，她刚刚浴洗过的身段变成了一缕风，高高挽起的长发飘扬成一面黑色的旗帜。

这件事情发生在十年前。红云去乡政府的结果是：乡长带人来了。洪钟的树没卖成。红云的娘不久因病去世。红果如愿以偿代替了红云娘。红云读大学的学费一部分靠乡政府供给，一部分靠自己在中关村打工。

就在红云读大四的时候，突然就接到了来自聚馆村的一笔汇款和一箱冬枣。是红果寄来的。红云还收到了红果和洪钟分别寄来的信。红果的信说，"红云，多亏了你的告状，咱的嫡祖树才能保留下来，咱村的一百九十八棵宝贝冬枣树才能保留下来。如今，乡里市里提倡种枣，咱家嫁接了自己的枣园，咱村有了一大片枣林，咱乡里有了几十万亩的冬枣生产基地。今年咱的冬枣丰收，卖了五万斤，给你寄去一万元，你就自己买台手提电脑吧！"洪钟的信说，"红云，你以前误解了红果，她其实是一个好女人。她对我好，却没想拆散我和你娘，她真的希望用卖树的钱治好你娘的病。这几年，她和我拼命地侍候树，侍候冬枣，就是想有了钱送你到国外留学，也让咱枣乡和世界接轨啊！你尝尝那棵嫡祖树嫁接出来的冬枣吧，它皮薄肉嫩，酥脆味甘，入口欲化，是过去皇帝才能享用的仙品呢！再有，你回家乡来看看吧，你洗澡的娘娘河畔和我们的冬枣园已经连天一碧了！"

红云读着信，读着父亲这个老高中生对冬枣的描述。然后吃一颗冬枣，就香甜地哭了。

哭过之后，红云就回了一趟聚馆村。那时，娘娘河的水已经很凉了，但红云还是裸身投入了母亲河的怀抱。她喝一口河水，吃一颗冬枣，又劈里啪啦游泳一阵子，秋水澄明，倒映着枣林。红云觉得自己是一条美人鱼，不，是一个枣林里的精灵，游泳在家乡的情愫里。

红云帮助红果和父亲建起了村里第一个食品加工有限公司。又贷款在北京买了一个大冷库，将全村的冬枣一下子就聚到了北京。又通过一位同学的关系将冬枣打入了中国国际航空公司，把冬枣作为配餐食品送上了蓝天，送到了世界各地。

红云研究生毕业以后，分到了商贸部。她牵头在人民大会堂举办了首届冬枣节。当年的乡长、现在的市长将一个红红的聘书和十万元奖金送到了红云的手里。红云接过聘任她为市政府经济顾问的聘书，却把奖金退了回去。红云说，"市长，用这钱举办一个冬枣技术培训班吧！我只想拥有两棵家乡的冬枣树，我要把它们永远栽种在我的心田！"

2007年9月，红云去加拿大工作了。临走时，她回到了聚馆村。在娘娘河畔，红果和洪钟在那棵险些卖掉的嫡祖树下刨来两棵嫁接好的冬枣树。赠树仪式上，市长把彩绸包裹的冬枣树郑重地送到红云的手中。红云透过彩绸，循着市长的目光向茫茫的冬枣林望去。那里，串串成熟的冬枣，琼珠金玉，红接远天。

不久，红云把那两棵冬枣树苗种在了加拿大。她给即将长大结果的冬枣树取了个朴实动听的名字——乡思红。

1963 年的水

1963 年，我是一个成熟而敏感的胎儿。透过母腹的躁动，我感觉一股强大的潮湿弥漫了整个天空、村庄和田园。我知道一场大水必定要来。因此，我赖在母亲的肚子里不肯出来。

我的感觉果然不错。整个夏天先是暴雨不断，接着就传来白洋淀上游出现特大洪峰的消息。千里堤被水浸泡得像我母亲擀的面条一样柔软，它承受不住洪魔的撞击和拍打，决口了。

冀中平原一片汪洋。在这片汪洋里，我们的村庄变成了一片飘摇的树叶。我在母亲的肚子里听到了房屋倒塌的声音，牲口嗥叫的声音，孩子哭喊的声音，还有当村长的父亲指挥人们撤离的声音："全体社员请注意，大家一律到陈家祠堂高地集合，老人妇女搭棚子，男劳力抄家伙筑堤埝，共产党员随我去白洋淀保护千里堤！"在父亲洪亮有力声音的鼓舞下，一村人开始了有条不紊的撤离。母亲拖着沉重的身子，挎着一个大包袱，领着大姐二姐淌水行走。当我们爬到陈家祠堂的高地时，我听到大姐惊叫了一声，"娘，坏了，俺的梳妆盒忘拿了！"

陈家祠堂的高地成了一个孤岛。父亲带人走了，留下来的铁塔叔成了一村人的主心骨。那时我的眼睛过早地睁开了，我看见铁塔叔光着黝黑的膀子，撑着用几块木板绑成的排子，带人去坍塌的村里打捞食物，还去村外的玉米地里掰生玉米。铁塔叔的那个木排驮的不是粮食，它驮的是一村人的生命呀！

已有的生命面临着生存的困境，新的生命却又在不断诞生。和我同期孕育的孩子真不懂事，接二连三地来这个孤岛上凑热闹。母亲在婴儿带血的哭声里不住地抚摸自己的肚子，用粗糙而温情的手掌和我交流，"儿子，按说也到日子了，怎么你还不出来呢？"我动动小腿，晃晃脑袋告诉母亲，"不着急，我不着急，我在静静地观察思考这洪水，这人，还有以后那没水的日子。"母亲说，"也好，你就待在里面吧，这又潮又湿又热，又缺食物的，我真不知道如何安置你！"我用小脚抵住母亲的手。我说，"娘，等大水过后我再出来吧，以后你还要为全村人操心呢！"

飞机来了。是毛主席派来的飞机。大姐二姐和其他孩子们欢呼着，呐喊着。我循着人们的视线向天空望去，只见一架巨大的直升飞机在空投食物。食物像蝴蝶一样飞舞着，漂在水面上，挂在树梢上，也落在我们栖息的高地上……人们哄抢着，撕扯着，翻滚着，一片混乱。母亲急了，她笨拙地爬上了一个高台，把手用力一挥，大声喊道，"社员同志们不要乱，大伙要把食物先让给老人孩子，还有刚生产的妇女，然后把余下的归拢起来，等铁塔回来再按人头分！"人们看看母亲的肚子，就停止了混乱，互相谦让着，照着母亲的话去做了。那时，我觉得母亲挥手的动作和喊叫的声音和我父亲像极了。

大家都盼着铁塔叔回来。母亲更是盼着我父亲回来。可他们俩谁也回不来了。铁塔叔撑着那只木排去村里打捞食物，被坍塌的房子盖在了下面。而我父亲为保千里堤，跳进洪水里，变成一个树桩，永远地长在了千里堤上。

洪水退去了。大家推举母亲做了村长。母亲用手掌和我进行了交流。我理解她的意思，我说，"娘，你不用惦记我，该怎么干你就怎么干吧！"母亲用一条腰带紧紧地束住了肚子，把大姐二姐交给刚刚生完孩子的铁塔婶，就风风火火地投入到重建家园的战斗中去了。母亲拖着沉重的身子，带领村民整修危房，抢收庄稼，又跑到县上，接来了医疗队，为每个村民打了防疫针。

母亲自己却病倒了，而我终于在她虚弱的身体里待不住了。在医疗队临时搭起的卫生所里，母亲拍拍肚子，对焦躁不安的我说，"儿呀，这回你可以出来了，娘知道你之前害怕这场大水，但以后你会怀念这场大水的！"母亲的话令我十分悲痛，我挣扎着爬出母亲的生命通道。伴着一声大哭，我，终于瓜熟蒂落了。

四十年后，当我们被干旱、反沙和冷漠、自私所包围，已经人到中年饱经沧桑的我，领会了母亲那句话的全部含义。

于是，我开始怀念1963年那场大水了。

无 鸟 之 城

　　我们这座城市，已经很久没有看到鸟儿了。工厂里林立的烟囱，浓烟笼罩下鳞次栉比的楼房以及街道上密密麻麻的车辆和人群足以让鸟儿们望而生畏了。没有足够大的空间和足够好的空气，鸟儿凭什么来憩息和飞翔呢？

　　然而，文学青年蓝海洋却天天期望鸟儿的出现。蓝海洋在一个很清闲的部门工作，有着一份很清闲的工作，有着大段大段的清闲时间供他自由读书自由遐想。读书累了，他就双手托腮在窗前对着天空凝眸远眺，阳光、云朵，还有灰不溜秋的天空，却没有鸟儿飞翔的踪影。蓝海洋就想：这个社会人太多了才不会被重视，鸟儿又太少了才让人如此期盼，什么时候自己能变成一只鸟儿，飞出这笼子一样的楼房呢？

　　这种念头越积越大，便膨胀成了渴望的气球。渴望的气球长出了蓝海洋的胸膛，蓝海洋就觉得他有试着飞翔的必要了。也许飞翔不仅是鸟儿的天性，人也会飞吧？只是因为他们习惯了行走和坐卧才忘记了飞翔的本能。如果通过我的试飞而挖掘出人的飞翔本能从而成为一只自由的鸟儿，岂不是我对这个世界至少是对这个城市的贡献？

　　这样想了几天，蓝海洋就觉得应该付诸行动了。那天早晨，他换上了一身宽大的衣服，从单身宿舍里出来，爬上了单位的楼顶。他在楼顶上跑了几圈，停住，伸臂，踢腿，扩胸，又弹跳了几下，对着天空用尽生平气力呐喊了一声，"我要飞翔——"

　　声音从天空飘下，砸落在大院内已经来上班的人们身上。整个单位的人都抬起了他们的头。蓝海洋的目光扫过天空，扫过这个城市的楼宇，然后与人们眺望的目光相撞了。他发现了大家的目光是惊喜的、渴盼的、赞许的，甚至是鼓励的。

蓝海洋毫不犹豫地来到楼顶中央，一阵激烈的助跑后，张开双臂来了一个激越的弹跳，他就真的飞翔起来了。

他的飞翔是轻盈的、缓慢的，宽大的衣裤在风中飘曳着，飞舞着。开始是向上的，继而是平行的，接着就开始了下坠。蓝海洋屏住呼吸，揪着头发，努力向上提着身子，却怎么也控制不了下坠。后来，他的身子开始了旋转。他看到了大院的人们四散奔跑，有几个人还扯起了苫盖货物的篷布。他正向那篷布平躺着落去。随着嘭的一声，他就什么也不知道了。

蓝海洋第一次飞翔没有成功。他落了个驼背。出院的那天，医生将包着驼背的纱布撤去之后，竟然发现他的驼背上长出了两个对称的肉芽。医生奇怪地用手术钳去夹那肉芽，没想到钳子一铷，那肉芽竟然活动起来，生长起来。眼见着就长成了一对巨大的翅膀。医生惊叫一声扔了手术钳，像遇到鬼怪一样跑出了病房。

蓝海洋却兴奋得啊啊大叫起来，他用力抖动双翅，走出屋子，穿过医院长长的走廊，穿过人们愕然的目光，来到了喧闹的大街上。蓝海洋做了一个深呼吸，展开双翅，又是一阵助跑，这回真的飞翔起来了。他飞呀飞呀，飞过楼房，飞过我们这座城市，穿过烟霭，穿过云朵，看到了云朵上面的丽日和蓝天，也看到了一架直升飞机正在头顶掠过……蓝海洋想鸟儿呢？鸟儿在哪里？我是因为城市没有鸟儿才变成鸟儿的，我以后应该和鸟儿们在一起生活才对呀！这样想着，蓝海洋就从天空中降落下来，飞翔着盘旋着来到了城外的一片树林里。

那是一片很大很密的槐树林，在一条河流的北岸。开满槐花的槐树林里聚集着各种各样的鸟儿，蓝海洋来的时候，鸟儿们正开会商量迁移的事。因为一个外商看中了这块地方，要毁掉槐树林开办一个娱乐场。鸟儿们不得不另觅栖息之地了。蓝海洋的到来，加速了鸟儿们迁移的进程。鸟儿们惧怕这个同类中的"异类"，头鸟一声长叫，槐树林卷起了一阵旋风，黑压压的鸟群霎时退潮一样飞走了。缤纷的槐花落在地上铺得足有一尺厚。

蓝海洋想向鸟儿大喊，"别跑，别跑，你们别跑。我也是一只鸟儿呀！"可他已经说不出话了。嗓子里只会发出沙哑而难听的"呜呜呀呀"之声了。蓝海洋就只得在一棵百年古槐上瘫软了自己，双翅无力地垂落在树杈之间。

砰——一声枪响，蓝海洋的翅膀被击中了。他"呜呀"一声，绝望地落在了满地的槐花上。

两个猎手跑了过来。猎手本来是捕猎那一大群小鸟儿的，没想到蓝海洋来了，鸟儿们意外地得救了。鸟儿飞走了，蓝海洋竟成了猎手的收获。

两个猎手把蓝海洋又带回了我们这座城市，把他卖给了刚刚建起的公园。饲养员把他放在了一个特别的铁笼里。

从此，我们这座无鸟之城有了一只鸟儿，而且还是只人鸟儿。

亦农，著名畅销书作家和小小说作家，冰心儿童图书奖获得者。其长篇小说《石佛镇》，被称作"一部匪夷所思的悬疑惊悚巨著"。长篇情感悬疑小说《美人蹄》荣获 2008 年澳大利亚圣米诺基金会"泛艾美"文学大奖。长篇小说《蛇咒》各大网站点击量达数千万，被媒体誉为"中国第一部环保题材惊悚小说"。其小小说多次荣获全国大奖，被各种小小说选本收录，被翻译推介到海外，并被改编成小品和播音版广为流传。

亦农卷

刀 客 侯 七

明末清初年间，南阳一带出现一名刀客，不知从何而来，何方人氏，无名无姓，只有一个号：捕风刀客。此人会飞檐走壁，来无影去无踪。南阳诸镇再无宁日，寻常百姓昼夜提心吊胆。捕风刀客艺高人胆大，也从不避忌，一把柳叶捕风刀斜插背后，行于大街上堂而皇之。南阳知县范知厚曾派手下三大名捕联手来擒他，被他片刻之内全部取下首级，留下无脑袋的尸体戳在当街。捕风刀客出手之快、之狠，江湖中少有。当时，三大名捕血溅南阳放马大街，两边百姓看得目瞪口呆，纷纷关门闭户。从此捕风刀客更加嚣张。那些有黄花闺女的人家，更是担惊受怕，唯恐哪天闺女被他糟蹋了。南阳人又送他一个外号"采花刀客"。甚至有的人家夜里小孩子不睡觉哭闹，大人就说："快睡吧，不然捕风刀客就要来抓你了！"

南阳武林五大盟首聚会，正在商量对策，只听屋顶一声冷笑，捕风刀客跟着跳在当厅，也不多话，手中柳叶捕风刀舞出一片雪影，几个盟首不防，顷刻间死了三个，伤了两个。捕风刀客随即转身踏着血迹离开大厅，扬长而去。大盟首范希功伤在胸部，躺在床上半月未能起来，他说："要捕此人，恐怕只有刀客侯七了。"三盟首胡喜春残了一条胳膊，他说："可惜侯七当年因打抱不平失手杀人，离开南阳十多年，如今是否在人世还在未知中，哪里去找他？"范希功叹口气说："县府拿捕风刀客没办法，难道我们武林人士也就此撒手不管了么？"三盟首胡喜春低头不语。

这一日，侯集镇大集，镇东华龙街上热闹非凡，忽然人群如炸开锅般乱作一团，瞬间闪出一条道来。众人侧目，但见捕风刀客自北而来，双脚走步如风，二目朝天，视众人如草芥。却有一老者当街坐定，不避不让。老者很瘦，左眼眉上有一红痣，痣上有两根长长的黄须。捕风刀客大怒："何方人士？竟敢挡道。"老者道："江湖中人，看相为生。"捕风刀客道："看我如何？不算未来，只算过去，讲对便罢，稍有差池，要尔狗命。"老者凤目微启说："单道这月之事如何？""也好。"捕风刀客面沉似水，只待老者言错，一刀结果其性命。

"本月五日，吴家金店失盗。七日，平安堡主被剖心而亡。八日，豆腐冯家闺女冯小妹被人非礼，凌晨自尽身死。十一日，南阳州刘大人后院起火，皇封的玉龙珠不翼而飞。十四日，也就是昨天，南阳知县范知厚被人当胸一刀刺死。请问，这桩桩件件可与你有关？"

捕风刀客仰天大笑道："此话不假，确为本人所做，只道今日我来这侯集镇欲做何事？"

"午时一刻，禹家庄贾员外到关帝庙上香，其有一女贾心兰，貌若天仙，你早有垂涎之心……"

"你看此事能成否？"

"花士奇，你已死到临头，何言成败！"

"你、你怎么知道我的名字？"

"中州十大恶人之首，天下武林中正义之士，人人可得而诛之。你虽然改变了容貌，但本性难易，依旧无恶不作，明年的今日，就是你的周年！"

捕风刀客倒退一步问："你是何人？"

"莫问，只管出手吧。"

捕风刀客再退一步问："阁下可是刀客侯七？"

老者点点头说："是侯七怎么样，不是又怎么样？"

"侯七他三年前就被人用金蛇毒杀死了，你怎么能是侯七呢？"捕风刀客冷笑一声。

老者神色木然说："还不出手，你想束手被杀么？"

捕风刀客眼神一变说："侯前辈，恕我冒犯，他日再登门求教吧。"说完转身就走。

老者仍端坐不动，双目微启。

突然，数步之外的捕风刀客转身持手中大刀直刺老者，老者纵身跃起，随身团起一股烟尘。待烟尘散尽，老者又端坐于地上，捕风刀客直直地站在他面前。捕风刀客微微一笑说："你果真是刀客侯七！"说罢倒在地上。众人围上去细看，捕风刀客脖颈上有一道红线，血正从那里渗出。有人喊："刀客侯七回来了！"待众人回头寻看时，老者早没了踪影。

三盟首胡喜春匆匆去见大盟首范希功说："捕风刀客被人杀了，侯集镇的人盛传杀他的老者就是刀客侯七。""他长得什么样？手中使用什么兵器？""很瘦，左眼眉上有一红痣，痣上有两根长长的黄须，似乎没人见到他用什么兵器。"

"出手神速，无刃杀人，红痣黄须，定是刀客侯七！"大盟首范希功点点头说道。

母 爱 力 量

　　我大学毕业，分配到禹城工作。从住地到工作单位，要穿过一个大大的十字路口，然后是一条长长的巷道。

　　那个十字路口可以说是禹城的中心地带，却没有红绿灯，也很少有交警执勤，因此交通显得有些混乱，南来北往的人常常在十字路口碰头，开车的、骑车的、拉架子车的、横穿马路的，你不让我，我不让你，话不投机便争执起来，骂爹骂娘，拳脚相加。

　　十字路口四周有商场、宾馆和招待所，还有禹城唯一的一座电影院以及许多火柴盒式的小商店门脸儿，卖什么的都有。十字路口往南不远有一家邮电局，我偶尔会去邮电局给母亲寄封信。母亲爱絮叨，我就是在母亲的絮叨声中长大的。现在，虽与她老人家相隔千里，母亲坚持三天两日就给我来一封信，我的衣食住行吃喝拉撒她都要为我考虑到，而且时常在信中责怪我不给她回信。我向她解释，我又不是学中文的，有事没事爱长篇大论地抒情，哪有那么多话要讲呢？

　　一个阴雨霏霏的下午，上班路过那个十字路口，我无意中抬头，看到有个女人正站在那里，来往的车一辆接一辆从她身前身后呼啸而过。这时候一辆摩托车疾驶而来，她却不顾一切迎上去，愤怒地挥动双臂，厉声喝叫："慢一点，你撞死人啦！"摩托车不得不戛然而止，女人冲上去，伸手抓住车把儿，把一张脸凑上前，仔细地看那驾车的人，然后失望地摇头说："不对，你不是！"被拦截的人气恼地扔下一句"神经病啊你！"一踩油门，车屁股冒股烟儿，走了。

　　"这个女人怎么回事儿？"我向路边一个卖香烟的老头打听。"一个可怜的疯女人。"卖香烟的老头懒得动嘴。

"警察为什么不管？"我问。

"禹城那么多事，警察管得完吗？"老头反问我。

进入雨季，禹城的天总是阴的。逢雨的日子，我总能在十字路口见到那个疯女人——雨水打湿了她的长发，一缕缕垂散在前胸后背，花方格衣服紧紧贴住单薄的身子。纸一样惨白的脸上，那双大而无神的眼睛，漠然注视着长长的街道，偶尔有摩托车驶过时，它们才会突放异彩，像匕首一样刺过去，同时厉声喝叫："慢一点，撞死人啦！"……

疯女人看上去和我母亲年纪差不多大，但实际上她并不大。听卖香烟的老头说，还不到四十岁！她为什么总在下雨天出现在这个十字路口？为什么她总是只拦截那些疾驶而来的摩托车？为什么她总是喊叫着同一句话："慢一点，撞死人啦！"……这些问题也曾在我的脑海闪过，但我却从没去追问个究竟。

她是个疯子！我所知道的仅此而已。

立冬后，小雨夹雪，一连几日不断。小城浸泡在迷雾之中，整日没有睡醒的样子。那天，我因感冒起床较晚，胡乱扒了两口饭就往单位赶。远远看到十字路口的人群一阵慌乱，有人惊叫着："撞死人啦！"很快就围聚起一群人。某种不祥的念头在我脑海闪过。我急忙跑过去，挤进人墙，疯女人躺在地上，双手还死死抓着一辆倒地的摩托车扶把儿，她的腰际有一摊鲜红的血，花方格衣服已被那血洇湿了大半。

车是一辆蓝色"野狼"牌摩托车，车主是个胖子，光头，中等个儿，一脸横肉，脸颊上有条刀疤，闪着紫青色的光斑，脑袋紧连着肩膀，几乎看不到脖子。这时他刚刚从地上爬起来，皮衣皮裤上都是污浊的泥雪。他摊着一双沾满血渍的手，恼怒地向围观的人们诉说："我正骑着摩托车前行，这神经病、贱女人不知从哪里突然窜出来，抓住了我的车把。这个疯女人自己找死，撞死他妈的活该！"

围观的人议论纷纷。有人说："你的摩托车开得太快了，哪有你这样在大街上开车的？"有人说："这是个疯女人，大脑不清楚，早晚得出事儿。"还有人说："她在这个十字路口可是有些日子了，每逢下雨下雪的天气，我们总能在这里看见她，好像是受了巨大的刺激……"

我看见地上披头散发的女人缓缓睁开眼，眼睛里闪烁着理性、智慧的光芒，她的嘴角微微翕动，从牙缝里挤出这样几句清晰有力的话语："你烧成灰我也识得，三年前就是你在这里撞死了我的儿子，我五岁的儿子！"所有人都听到了这句话，包括很快闻讯赶来的公安人员。公安人员把疯女人和那个驾车肇事者带走了。

望着空旷的十字路口，我呆立好久。后来忽然想起应该到邮电局给母亲打电话。我说："妈妈，你下班路上要小心些！"母亲笑一笑说："知道了，什么时候我儿子长大了，也学会关心他老娘了！"我说："现在路上车多人多，你要小心呀！"母亲感到我的情绪不对，着急地问："儿子，你怎么了，又失恋了？还是有其他什么事？"我说："没有！真的没有！"放下电话，望着远处雨雾迷蒙的十字路口，我又呆立了许久。

隔日，在禹城晚报头版，竟读到一则消息：一位母亲三年来，每逢下雨下雪天就苦守在儿子遭遇车祸的地方（她儿子死于一个雨天），终于在日前抓到撞死自己儿子的真凶……文章标题是《母爱力量》。我的眼前又闪现出那个疯女人：雨水打湿了她的长发，一缕缕垂散在前胸后背，花方格衣服紧紧贴住单薄的身子。纸一样惨白的脸上，一双大而无神的眼睛，漠然注视着长长的街道。

那天下班路过十字路口，我忽然发现，那里已安置了红绿灯，并站着一个执勤的交通警。

储 蓄 密 码

上学时期，我没有挣钱，亦无钱可存，当然就没有储蓄存折。

参加工作后，吃住在家里，没有另立门户，自己懒得管理钱财，工资一发，除留点儿零花，其他如数交给母亲看管。母亲象征性抽取一点钱作为我向家中交纳的生活费，绝大部分都替我存到银行。母亲说："不能大手大脚花钱没谱儿，将来有你用钱的时候。"我开玩笑说："保存好，千万别丢了！""丢不了，存折谁拿去没密码他取不出来。"母亲为自己的做法自豪。

23岁那年，我步入人生最烂漫的季节：花前月下、海誓山盟，甜蜜的初吻让我阳光明媚……青春期该经历的烂漫事都一一体验。我与一个小女子相恋到了如胶似漆、浑然忘我的境界，谢天谢地，一切都水到渠成。

明察秋毫的母亲看出儿子生了"外心"，果断做出英明决策——把那张存折交到我手说："这钱妈不给你管了。"我说："妈，你不给我管，谁给我管呢？你不能甩手不管自己的亲生儿子吧？！"母亲笑眯眯地说："别和我装糊涂，你自己管不了钱，就找个能给你管钱的！"

存折上面果真写有密码标记，问母亲密码是多少，母亲脱口说出一长串数字，我惊诧母亲突然间有了这么惊人的记忆。母亲说："妈忘性大，就找了这么一串不会忘的数字。你出生的日子，妈埋到土里也忘不掉！"

"你自己的生日数字更不会忘呢！"我随口说。

"傻儿子！"母亲转身去忙她的事。

拿着存折，我到银行办了一个自认为该办的手续，然后跪到恋人面前。

　　一张崭新的存折交到了恋人手上，虽然数额不大，但存款人姓名不是别人，正是她自己。恋人芳心大动，眉眼中就含带几分朦胧春色。礼轻情义重，我乘机讨好说："我的积蓄全在这里了，你要保存好，为防意外，我把这存折还设了密码，你莫忘记啊。"

　　恋人问："什么密码，我记不住！"我说："你一定记得住。"随后说出一串长长的阿拉伯数字。恋人听罢，立即伸开双臂，做小燕子展翅状扑入我怀："我的傻老公啊！"

　　为表忠心，我把密码设置为恋人的出生年月日。财政大权移交没多久，我俩就手拉手踏上红地毯。洞房之夜，她陶醉般问我，怎么想起要把存折交给她，并用她的生日做密码？我想半天，也不能给她一个满意答案，气得她直拿纤纤玉指点我的脑门："你呀，真傻得可以，若遇上骗子，非把自己卖了不可！"我不服气："我这不是没遇上骗子嘛！"

　　婚后，两人工资合二为一，放在一个存折上。保管大权，我坚辞不受，妻只好暂且行使。

　　某日，单位分房急需现金，妻正出差在外，我打电话追去，妻在电话中费不少口舌，终于使我明白存折放在何处。找到存折，匆匆赶到银行。漂亮的银行小姐问：密码？我一拍脑袋，后悔忘了问妻密码是多少，急中生智，把妻的出生年月日输入，屏幕显示：错误。漂亮小姐说："自己家的存折密码都忘了？"我说："对不起，我这人脑子不太好使，你多包涵。"

　　将自己的出生年月日输入，又是错误。小姐看过来的眼光就有些怪怪的，仿佛在说："真是你家的存折吗？"门口两个保卫已经慢慢踱到我身边，手中的警棍一晃一晃的，随时准备出击。

　　我脸红脖涨，本想打道回府，但单位分房机会难得，错过这村就没这个店了。灵机一动，将妻和自己的出生年月日各取后三位数字输入，屏幕显示：正确！

　　我激动得差点三呼万岁。回家细想，方才体味到妻用心良苦。当晚，倍加思念出差在外的她。

　　光阴荏苒，转眼女儿出世，两人世界变成三口之家，生活掀开崭新一页。我与妻更加努力工作，希望能多多挣钱，给女儿建造一个更温暖舒适的家。

又一日，因需要为家中购置电脑，向妻子申请需要存折取款。拿了存折，抬脚要走，妻在身后喊："回来，没告诉你密码呢！"

"我知道，不是你、我生日最后三位数字的组合吗？"我转身迷惑地看着妻。

"早改了。"妻一脸骄傲，脱口说出一串长长的数字，我感觉耳熟，仔细地想：既不是自己的出生年月日，也不是妻的出生年月日，更不是我与妻出生年月日的组合。遂惴惴不安地问妻："这么长一串数字从哪儿来的？不会是你心中有了别人吧？"

妻嗔怪地当胸擂我一拳："你连宝贝女儿的出生年月日都忘了！"

顿时大悟。不知为何，又回想起几年前母亲交到我手上的那张存折和她精心设下的密码，禁不住鼻子一酸……

许 老 怪

西山的投影重重落下来，砸在东山的半腰上。沿山沟一阵风来，岩石兀立，野草乍动，竟生出些许凉意。许老怪脱下褂子，光着黝黑的脊梁，走一阵，擦一把汗，骂一句："奶奶个熊。"

小儿栓子考上大学，在山村百年不遇。王私塾有板有眼地指点："过去这就是中举，修几年出来，能做县太爷。"许老怪高兴得带栓子去祖坟祭了一回。那坟多年没修缮，满是荒凉寂寞。许老怪让栓子给祖坟上土，自己用手一根一根拔杂草。祖上积德，才有今日。许老怪满怀感激自言自语。

栓子却一脸愁苦地说："爹，这学我看还是不上了吧！"

"为啥？"许老怪皱起眉头，追问再三，栓子才吭哧出原因："上学要先交2000元学费。"

许老怪默默地蹲下，取出烟袋，两眼盯着坟丘，许久没吸一口。坟旁那一株苗儿茎叶直直地往天上刺。半晌，他忽一瞪眼说："老子就是砸锅卖铁这学也得给我上！"

次日一早，许老怪赶着家中的老黄牛走出山坳。

天渐渐黑下来，一轮浅月支在山尖，泛泛地白下来，映出窄窄的山道，蛇一样曲折蜿蜒。许老怪感到腿沉甸甸的，胸有些闷，长喘口气骂："奶奶个熊啊！老不中用了。"就想起自己年轻时的风光：背着个并不美丽的栓子妈，一口气走七八里山道，不让她脚尖沾地。女人真是水做的骨肉，又轻又柔。那一日，山高水长，晴空万里。

　　二十年过去，女人老了，儿子大了。许老怪想到儿子将来还能当县太爷，像电影中的县太爷那样审诰命，忍不住咧开嘴呵呵笑几声。

　　前面草丛里一阵晃动，把许老怪惊回现实。"啥熊玩意儿？"许老怪大吼一声。荒草后边站出一个高高大大的汉子。许老怪警觉地立住脚。"借点钱花。"那人说。"没钱，要命有一条，有本事你就采拿。"许老怪握紧干瘦粗糙的拳头。"俺不要命，俺要你的钱。"大汉扑过来，伸手抓许老怪。许老怪一架胳膊："奶奶个熊，原来是个劫道贼！"

　　天大山大。山谷里一大一小两个身影绞在一起，四只脚把石蛋儿划得哗哗响，一片又一片草倒折下去。不到半个时辰，许老怪瘫在地上，劫道贼挣扎着起来，在许老怪衣里衣外翻几遍，只找到五角钱。"王八蛋，五毛钱和老子斗半天。"劫道贼踹许老怪一脚，转身一瘸一拐消失在黑暗里。

　　山风呼呼，有小兽在山顶望月嗥叫，声音长短不均。许老怪慢慢从地上坐起来，擦了擦嘴角血污，脱下鞋，抠摸半晌，从鞋底抠摸出一叠钱来，就着月光数了数，不多不少，2000元。这是他今天到镇上卖牛所得的钱。许老怪嘿嘿笑道："奶奶个熊，还和我许老怪斗哩，尔还嫩点儿。"

　　空旷的山野，荡起一个暗哑的声音："当官不为民做主，不如回家卖红薯……"

小 民 老 师

小民老师是我小学三年级时的班主任兼语文老师。

小民老师是校长的女儿，那时候也就二十出头的年纪，长得又瘦又高，夏天穿一件橘红上衣，下身是一条黑裤子，更显得身材修长，风一吹就仿佛在一摇一摆。小民老师是瓜子脸，小鼻子小嘴，更显杏眼的大而明亮。她身上有一股淡淡的薄荷的清香，从你身边走过，那香就会扑入你的口鼻，令你心旷神怡。那时候，小民老师在我眼中是全校乃至全村最漂亮的女子。因为她的美丽，她也常常成为学生和老师注目的焦点。

我小时候体质很差，又生性怯弱，因此常独来独往，不愿和谁发生冲突。同学中有一个叫赵青山的，有一段时间常在放学的路上跟在我后面大呼小叫，提名道姓地向我挑衅。我先是隐忍着，后来便告诉给小民老师。小民老师把赵青山叫到办公室批评了一通。赵青山平静两天，又更加凶猛地找碴儿与我闹事。我羞于再把这事告诉小民老师，又不愿让家人知道，只能听到装作没听到，心里却十分痛苦，不知该怎么办。

数日后，小民老师把我叫去。她和我面对面坐下，然后静静地看着我。她的目光中有一种无法表达的东西，使我惭愧地低下头去。她又沉默片刻说："小显，看着我的眼睛可以吗？"我抬起头。小民老师直视着我："你怕赵青山，是吗？他有一双手你也有，他有两条腿你也有，你为什么要怕他呢？他是老虎能把你吃了？"

离开小民老师办公室时，我的眼中没有眼泪！

那天放学我不再逃跑似的匆匆往家走，而是有意放慢脚步等赵青山。果然，他又远远地跟上来，像往日一样，嚣叫着，他的几个同伴也发出嘻嘻哈哈的笑声。来到一片树林下，我扔下书包站住，回身怒视着赵青山。他先是一愣，很快恢复了那种无赖的神态。"想打架是吗？"他问。我没有回答，突然冲过去抓住他的衣领。他的伙伴说，要打架了！呼啦散开，围成一个圆，我和赵青山第一次针锋相对地干架。那是我平生第一次打架，虽没有经验，但长久郁积在心中的怒火化成了力量，我感到自己的胳膊肌肉饱满，我拼命去抓他的胳膊，使绊子⋯⋯我和赵青山滚打着，半个小时、一个小时过去了，看打架的同学慢慢失去兴趣，回家吃饭了。我仍和赵青山僵持着，我看到他脸上的斗志在一点点消失，代之的是尴尬和无奈。他松一松手，也想走，但我紧抓不放，我一定要赢！

夜色弥漫下来，周围人早已散尽，赵青山也认输跑掉了。我拾起书包，感觉有人抚摸我的头，扭转身，发现小民老师站在那里。原来，她一直在不远处那家商店里面，我和赵青山打架的一幕幕，她都看到了。她把粘在我脸上的一叶青草摘去说："现在好了，他再也不敢欺负你了。"拉着小民老师温润的手，我感觉自己真正成了一名男子汉。此刻，一轮皎洁的明月正从东方冉冉升起。

小民老师说："'人善被人欺，马善被人骑。'你是个善良的好孩子，但面对邪恶，不能一味地忍让，要相信自己的力量，要敢于去斗争。你今后的生活还很长很长，记住，在生活面前，千万不能软弱⋯⋯"

许多年过去，我再没和谁打过架。然而在生活中遇到过很多这样那样强劲的对手，我却从未对自己失去过信心，因为，小民老师教会了我如何去面对人生中的坎坷与磨难。

福　　娃

福娃走进城里纯属偶然。

福娃从前在南阳老君山的东山放羊。自从记事起，他就一直和羊在一起。从山坡上，可以看到山角下一个破败的小院，那是他和羊儿的家。他的爹就是放着羊长大，放着羊娶的媳妇，成的家。他似乎从生下来，一生的路就被决定了。

那天，在家门前的山坡上，与一个寻新求奇的记者邂逅。

你在做什么？放羊。放羊干什么？挣钱。挣钱干什么？讨媳妇。讨媳妇干什么？生娃儿。生娃儿干什么？放羊。

福娃和记者的镜头在电视台播出。很多人看了，很多人都若有所思。其中，就有一位在城里做官的福娃的远房叔伯。叔伯对福娃还有些印象，比如他那颗硕大无比的脑袋和硕大无比的嘴。真是丢祖宗八辈的脸，脸全让他丢尽了呀！叔伯先是愤怒，继而平静下来，决定为这位远房侄儿做些什么。

福娃被远房叔伯招至城市，安排在××部办公大楼车棚看车子。车棚很大，小轿车一排一溜儿，里面坐的都是部长、厅长、局长。福娃弄不清楚谁比谁的官职大，只知道都是不可小瞧的大官，比村长要大很多、很多。

一天，部长的司机把漂亮的吉普车停在福娃身旁说：把这车擦一擦。福娃找来水桶、抹布，把小车从车头到车尾，擦得干干净净，一尘不染。部长司机很满意，给他20元钱，拍拍他消瘦的肩说："福娃，这可是条挣钱的道儿，学着点吧！"

××部是个大部，管着全国许多单位，每天来部里办事的人特别多，来的人不是走路来的，也不是坐公共汽车、出租车来的，他们有自己的小车。小车走很远的路，落了许多灰尘，需要清洁美容。福娃就特别忙，从早到晚，一辆接一辆不停地擦，人民币一张一张往他腰包里飞。

偶尔，福娃直起腰，擦脑门上豆大的汗珠，心想：钱是这样挣来的啊！他再也不想回山坡放羊了，脸上始终挂着满足的笑。

为了感激把他拉出深山的远房叔伯，福娃买了大包礼物去拜望。叔伯提起福娃和记者的那段"著名"的对话，禁不住再次激动起来，说："福娃啊福娃，听听你都说些什么话，放羊、娶媳妇、生娃儿、放羊，这和牲畜有什么区别呢？"福娃从叔伯家出来，低着头，心里沉甸甸的。

福娃擦车更加卖力气，但人们再也看不到他那十分满足的笑了。

多年以后，已做小老板的福娃回了趟老家。在门前的山坡上，福娃看到一个八九岁的孩子，抹着鼻涕放羊。福娃犹豫片刻，走过去。

你在做什么？放羊。放羊干什么？挣钱。挣钱干什么？娶媳妇。娶媳妇干什么？生娃儿。生娃儿干什么？放羊。

福娃鼻子一酸，眼泪差点流下来。他转身走进山村。

不久，在那片山坡上建起一座山村小学，名叫"'不放羊'希望小学"。

乡 间 渔 事

　　我奉命去采访一位旗下拥有数百亿资产的著名企业家。主编特意交代，一定要想办法让他说出取得成功的秘诀——这对我们的读者很重要，也是我们这期报纸的最大卖点。然而在采访过程中，那位著名企业家并没有谈他取得成功的秘诀，在我的一再追问下，他说，"我给你讲个故事吧……"

　　有一个下乡知青大孙，在南方一个农村安家落户。那时候在农村，知识分子想看书却没有书看，更没有什么娱乐活动；偶尔放个电影，也就是《地雷战》、《地道战》、《铁道游击队》等。大孙刚结婚，没有孩子，家务很少，有很多的空闲时间。

　　农村里早晨5点钟鸡就叫，一叫人就睡不着觉了，起床也没事可干。晚上，黑灯瞎火的，伸手不见五指，不像城市，到处灯火辉煌，到处有玩乐的地方。农村连电视都没得看，睡不着觉怎么办？就想找个事做。

　　村口有个鱼塘，大孙看那鱼塘闲置着挺可惜，当地鱼苗很便宜，就自己掏钱买鱼苗，放在塘里养着。下工时顺手采些草放进去，或者有空挑些大粪倒进鱼塘。大孙养鱼不是为了养大卖钱或自己吃，而是为了满足一种精神上的享受。没事时他爱在那鱼塘边坐一坐，喂一喂鱼，看着那鱼一点点长大，看那鱼跳出水面的样子，就像养育儿女，有一种成功的喜悦感。

　　快过年的时候，鱼长成了，大家自然要来分鱼。这时就出现一个问题，鱼怎么分呢？

　　这事发生在"文化大革命"时期，要学雷锋，要大公无私。在当时，大家就是这种是非观：这鱼属于集体。为了过一个祥和的新年，自然而然就要把鱼给大家分了。

但如何分，需要开会商量。在没有开会之前，大家都私下议论，"嘿，这鱼不错！啧啧……"每人怀里揣一个小九九，各有各的想法。一个小小的生产队长解决不了这个大问题，召开生产队会议时，还是请村里德高望重的老书记来主持。

围绕如何处理鱼的问题，大家争得不亦乐乎，从晚上八九点争论到夜里十二点。是把鱼卖了来分钱，还是直接分鱼给大家回家吃？最后确定分鱼。因为如果卖了鱼分钱，人家两口买鱼苗养鱼，功劳最大，如何给人家分钱？再说，为了让大家都过一个有肉有鱼的好年，最后一致意见是分鱼。然而分鱼是按人头分还是按户分呢？没有分家的、没搞计划生育人口多的人家，希望按人头分；而已经分了家、家中人少的人家，希望按户分……公说公有理，婆说婆有理。

最后，德高望重、在队里又没有直接利益冲突的大队老书记说，"考虑到这两位青年夫妻作的贡献比较大，人家只有两个人，不像你们队里有些家中七八、十来口人，如果按人头分，对人家夫妻俩太不公平。我的意见是按户分！"

因为老书记德高望重，他这样一宣布，没有人明确提出异议。家中人少的就偷着乐，而家中人多的，就骂骂咧咧地表现出不高兴，但谁也没再说什么。

在这个过程中，大孙夫妻俩没有发表任何意见。

大队书记还特意问："你们俩有意见没有？"

大孙夫妻回答说，"没意见。"但没意见是嘴上说的，到底心里面是不是真的有没有意见呢？外人谁也不知道！

生产队第二天开始清塘打鱼，南方叫干塘，就是把水放掉，用网把鱼捞干净，捞彻底。鱼捞上来以后，按照鱼的大小、好坏搭配，队里有三十多户人家，就分成三十多堆。当时为了公平，就团个纸蛋儿，每户一人捏纸蛋儿，然后按序号从小到大，谁抓住一号的谁先来选鱼堆，抓住二号的就第二个来挑鱼堆，以此类推将鱼领回各家。

最后还剩下一堆鱼。谁家没拿呢？一查，是大孙家没拿。

于是就有人七嘴八舌私下议论：看来是心中有意见呀！这可是思想觉悟不高呀！要割资本主义尾巴呀……话越说越上纲上线。大队老书记说："这样可不太好，下乡知青不能有这种思想情绪，要接受贫下中农再教育嘛！我们是不是要再开一个会议呀！"

那时有一种工作方式叫批斗。认为某个人思想不好、觉悟不高，大家就要开一个会对他进行批斗。这样批斗结果可能会出现两种局面，第一，大孙他们没改造好，要在劳动中进行思想再改造。第二，全生产队的人都会反对大孙夫妻，排斥他们。因为你有情绪，就是对大家有情绪。大家在出工的时候都会给你小鞋穿，让你挖最难挖的地，让你去干最难干的活……当大家觉得你错的时候，真理也是谬误！这种大众的力量，就是一种法律，会让你背上一个非常巨大的沉重包袱。

正在这时候，远远看到大孙夫妻俩从村外的河边走来。

因为大家谁也没拿到大孙夫妻没来取鱼真正原因的证据，只是在揣测，但如果人家起晚了呢？一早出去锻炼身体了呢？所以谁也没有立即站出来很明确地指责。

大队书记说："大孙，你家的鱼还没拿呢！"

"好，我来拿！"大孙很听话、乖巧地快步过来。

"这是你家的鱼！"

"哦，我家的鱼！不过书记，我这鱼太多，吃不了。"

"这怎么吃不了？辛苦一年，你应该拿的鱼呀！你，你不是有情绪吧？"

"不是，你看！大孙把妻子背的鱼篓拿过来说，我们今天早晨去河里打了这么多鱼！比分的这堆鱼还多呢！家里只有我们两口，真的是吃不完这么多鱼呀！老书记，我们队里有人口多的人家，让他们拿去分吧！"

著名企业家的故事到此而戛然而止。我看着他深沉回忆的神态说："如果我没猜错，故事中的大孙就是你吧？"

他点点头。

村女沐浴图

南阳方家，世代行医。至方文丙，虽曾学医，但用心不专，其父也不强求。方文丙酷爱绘画，见猫画猫，见狗画狗，见王小丫画王小丫。

王小丫住无忧河对岸，常提着篮子到河畔摸虾。方文丙在河滩上拿芦苇作画，画眼画鼻子画唇，再画两个高高翘起的羊角辫。王小丫走过来猛喝一声："画谁呢？"方文丙木讷半晌说："小仙女。"王小丫咯咯笑得露出一对小虎牙儿。

时光如梭，春秋轮换。方文丙长大成人，学医不成，便在村里小学谋个教职。教书之余，依旧爱画，见狗画狗，见猫画猫，画得最多的还是王小丫。阳光哺育，无忧河水滋润，王小丫出脱得更加美俊，风情百里，倾城倾国。

这年夏，南阳酷暑。方文丙作画至深夜，闷热难耐，到无忧河畔踱步，忽闻芦苇林中有"哗哗"水响，清凌凌如天宫仙乐。方文丙悄然走近，见王小丫正在月光下洗浴。月色如银，泼洒在少女身上。河水清冽，如珠如玉，从少女头顶滚落，至胸至腹至笋般的腿上。

方文丙一时看得痴了。时光凝止，万物沉寂，人间天上，只此一女！

至秋，先闹了一场蝗灾，蝗虫过后，小鬼子接着就来了。南阳大地，狼烟四起。村民百姓，惨遭蹂躏。

桥本雄二闯进屋时，方文丙正在作画，他画得如痴如醉，浑然不知大日本皇军已把学校征做临时指挥所，更不知一把明晃晃的军刀已举在他头上。桥本雄二这次没有习惯性地落下刀，他被自己看到的画面迷住了。

"东方美人！"桥本雄二啧啧不已，垂涎欲滴。他一把揪住方文丙脖领，逼视着他从牙缝中挤出几个字："我要这个小美人！"

无忧河畔，方文丙被赤条条五花大绑在柳树上。无忧河两岸村民被鬼子押着黑压压站满了河滩。桥本雄二指着画儿问："这个美人站出来，不然，你们瞧……"

桥本雄二转身，手起刀落，方文丙的大腿上立即溅起一片血光。

住手！脸上抹着锅底灰的王小丫站在桥本雄二面前。

一盆凉水兜头泼下，烟灰冲去，尽显天然：一个美丽的乡村女子亭亭玉立于阳光下，薄薄的衣衫挡不住成熟东方少女十足的风韵和魅力。

桥本雄二看看画，又看看王小丫，指着方文丙问："他是你什么人？"

"哥哥！"王小丫朗声道。

桥本雄二怪异地抖动一下唇角的八字胡，淫笑一声说："把她带走！"

王小丫在乡亲们的注目下昂首走进村小学，再也没人见她站着出来。

那一天，无忧河河水突然变成红色，红如鲜血，怒涛滚滚，其后竟数月不绝。

王小丫死后三日，方文丙手捧一摞画纸，一瘸一拐来到学校。桥本雄二一张张翻阅方文丙的作品，两目放光。几乎所有的画都是一个名字——《村女沐浴图》：一弯明月，几支芦苇，丰腴美丽的乡村少女正在河畔撩水淋浴。

"真乃东方美人图啊！"桥本雄二狂喜，命令召集部下传阅共享。众人阅至最后一页，却无画面，只有几个血写的大字：艺术不可淫，淫者必自焚！

桥本雄二大惊，同时感觉一股奇痒顺手臂直袭至胸口。抬手看，十指已呈紫灰色渐近枯朽。事后，经日本高级军医鉴定，桥本雄二及其部下将官皆死于中国一种剧毒。此毒浸染于画像之中，人若用手触摸，半个时辰后必死无疑。

日本人追杀方文丙。方文丙早已潜入三百里芦苇林，不知去向。据悉，现有方文丙所作《村女沐浴图》，一幅珍藏于南阳县文物馆，一幅收藏于中国革命历史博物馆。

花 蕊 夫 人

青城人徐氏，生性侠义，才貌双全，得幸于后蜀主孟昶，封为贵妃，别号花蕊夫人。

那年，宋太祖赵匡胤率兵攻入后蜀。孟昶虽是情场高手，但于刀光剑影中却无分毫大丈夫气概：兵临城下，战鼓号角一响，便不敢恋战，只能让人在城墙上竖起降旗。

花蕊夫人正在后宫廊前舞剑，但见：爌如羿射九日落，矫如群帝骖龙翔。来如雷霆收震怒，罢如江海凝清光。这时，忽有人匆匆来报宋兵杀入城池，徐氏闻听柳眉倒竖，杏眼圆睁，喝道："吾虽柔弱之女，岂甘做亡国之奴。"遂上马执剑前来迎敌。

宋太祖赵匡胤在马上正自得意，只见内城猛然杀出一队人马，为首一女子，粉脸丹红，杏眼带火，一把青锋斩妖剑，左挡右劈，恍若九天玉女披银甲杀下凡尘。

宋将吴朝天欺对手是一女流之辈，拍马挺枪来战，不到五个回合，花蕊夫人一招"回眸望月"，刺中其后心，血溅青锋，死尸栽倒马下。宋将吴朝贵和吴朝天是亲兄弟，他见哥哥被杀，眼都红了，拍马舞刀过来，口里喊："还我哥哥命来！"花蕊夫人冷冷一笑说："我这就成全了你，和你哥哥到阴间做伴去吧！"两人战有十几个回合，花蕊夫人一招"横扫千军"，将吴朝贵拦腰截断，一股鲜血喷出一丈开外。

大宋元帅杨继业见手下连折两员大将，又恼又恨，亲自催马出战。两人一照面，杨继业问："汝乃何方女子，可敢报上名来？我枪下不死无名之鬼。"花蕊夫人扬眉道："我乃后蜀主孟昶宫内一贵妃，别号花蕊夫人便是。"杨继业乃一介武夫，不曾听说花蕊夫人之名，大喝："无名小辈，还不快来受死！"两人交战。那杨继业乃大宋开国名将，一把金背砍山刀打遍天下无敌手。可惜花蕊夫人，纵是剑法超群，终不是敌手。五十几个回合后，被杨继业看出一个破绽，让过青锋剑，伸手抓住她的袢甲丝绦，花蕊夫人遂被生擒活拿。

后蜀主孟昶自缚双臂，跪于青石道旁迎接宋太祖，双股颤抖，面如死灰。赵匡胤侧目视之曰："汝乃一国之君，竟不如后宫一红颜女子！"遂将一口浓痰"呸"在他面前。

宋太祖在原孟昶所住宫殿召见花蕊夫人，并亲自为她松绑。宋太祖拱手说："久闻后蜀花蕊夫人大名，今日得见，果然才貌非凡。我有心封你为护国公主，与我亲生女儿享受同等待遇，不知你意下如何？"

花蕊夫人摇头、侧目、不语。

宋太祖尴尬一笑说："花蕊夫人气节凛人，佩服、佩服。久闻夫人诗才超众，五步成诗，不知今日能否当厅为我大宋诸将官吟诗一首？"

花蕊夫人环顾四周，昔日堂堂后蜀大殿，而今已为宋兵宋将占有，不由得慨叹万千。沉吟半晌，迈步向前，昂首吟道：

"君王城上竖降旗，妾在深宫哪得知？

十四万人齐解甲，更无一个是男儿。"

言毕，疾呼："国已不在，我还有何面目存身于世间！"遂飞身以头撞击宫殿石柱，顿时，鲜血崩溅，一代才女烈女花蕊夫人顷刻间香消玉殒。

宋太祖赵匡胤出手想拦，早已来不及了，不由长叹："真乃千古一奇女子也！"让人隆重下葬了花蕊夫人，又命建庙祭之。

今南阳城南八里，尚有花蕊夫人庙，即是。据说：庙内终年香火不断，而今尤盛。

趾 画 家

禹镇画师安洪博有一子，因少时顽劣不恭，安洪博为其改名安太平，希望他一生太平无事。太平不喜笔墨，安洪博传授其作画技法，他左耳听右耳出，不放在心上。安洪博大失所望，自觉后继无人，也就不特意教他，放任自流了。

一日，安洪博雨罢到后院漫步，低头发现地上数幅图画，或鸟或兽或云或水，形态各异，观其技法，大吃一惊，此作画者不循规蹈矩、天真狂野，实乃天才。安洪博也不声张，自此留意观察。又一日，见门前几个顽童围聚一处，唧唧喳喳甚是热闹，悄然过去，见安太平正持一根竹枝作画。画中两只野猫相戏，性情神态，活灵活现。暗喜道：天赐此子，吾虽难成大器，此子若引导得方，必成正果。

伏牛山五百里深处隐居着一代画师文玉儒，安洪博携太平前去，文玉儒让太平作画，安太平掷笔于地说：我最讨厌用笔。文玉儒大笑说："用手指你会吗？"安太平摇头不解。文玉儒取过浓墨，以食指蘸之，在纸上刷刷点点，绘出一幅《松鹤图》。安太平看罢，伏首便拜："师傅在上，受弟子一礼。"

五年后，安太平告别师傅回到禹镇，在镇西关开了一个画店。安太平指画惟妙惟肖、形神兼备，很快名扬商阳，被人称为指画家。常有二八女子、妙龄少妇，爱到安太平的画店，请他画肖像。安太平十指纤纤，粉白如玉，蘸墨作画，潇洒飘逸，不知让多少女子怦然心动。曾有禹镇女子说：能得安太平一指之吻，今生无憾。

日军入侵禹镇，司令的随身姘妇大江桂子闻安太平之名，找他来作画。第一天画头像，眉眼逼真，大江桂子大喜，便要次日再来作画。第二日，大江桂子亲自研墨后，宽衣解带坐在红木椅上让安太平给她绘全身像。安太平目不斜视，一双纤手，竹枝白玉一般，在纸上指走龙蛇，直看得大江桂子如醉如痴。画毕，大江桂子借口请安太平吃茶，却在那茶中放了安眠药……

安太平一觉醒来，发现自己衣衫不整躺在床上，那大江桂子尚抱着自己的双手沉浸在梦里。安太平血撞脑门：匪国贱妇，堂堂中华男儿，岂能与汝苟合。言罢，双手十指朝一旁的军刀利刃击去，刹那间，安太平十根手指竟齐齐断掉……

新中国成立后，省城搞画展，一幅出自禹镇的《蛟龙擒鬼图》以其磅礴气势赢得评委和观众好评。省报记者颇费周折，在禹镇一座古宅中找到作画者。只见他白衣胜雪、神清气爽，两臂袖内却只有一双肉掌，十指皆无。记者惊奇，十指全无，如何作画？画者让孙子取来画纸，铺于地上，又让孙女研好墨。画者纵身跃上纸面，以趾蘸墨，在纸上闪展腾挪，不过半个时辰，又一幅《蛟龙擒鬼图》出炉，粗犷豪放，意境技法更胜前一幅。画者回坐在椅上，气不发喘，脸不变色。

"你就是那位几十年前因不肯受辱而自断十指的指画家安太平安老先生？"记者惊喜地问。画者淡然说："我的十指没了，还有十趾嘛！"

父 亲 大 人

父亲大人是个农民，仅读过几年小学，便因家贫而辍学。后来父亲当过兵，据他讲还做到排长之职。退伍时准备分配到百里外一家工厂工作，父亲去看了看，回来说："还是种庄稼好！"父亲就扛着锄头下地，再没提去工厂的事。父亲从不嗜酒，但烟瘾特大。最早是大烟叶，用粗糙的大手一搓，把烟末儿倒在纸上(那纸常常是我和弟弟用过的演算纸)，左手握住一端，右手在另一端轻轻一捻，就卷成了卷儿，叼在口里，洋火引燃，深深吸一口，半晌才吐出一口浓烟，把我们弟兄俩熏得直咳嗽。父亲挺开心的样子，哈哈大笑。

随着社会进步，生活水平的提高，父亲改吸白河桥烟了，二毛一盒，二十根。因为长年吸烟的缘故，父亲的痰特别多，常常一阵咳嗽，然后用力一咳，仿佛要把肺腑中的脏污全部赶出来，接着"呸"一声，一口浓痰就落在地上。母亲爱干净，起初极不愿意："刚打扫完的地，让你这一吐就脏了。"一说再说，父亲急了，一拍桌子说："老子的家，想怎么样就怎么样，你嫌脏就给我滚。"母亲为这哭了一天，两天水米未进，最后父亲慌了，走过去说了半晌好话，母亲才转过脸儿。即使如此，父亲的毛病还不改，以后母亲见了，只是叹口气，有时还扔下一句话："狗改不了吃屎。"父亲也不恼，依旧吸他的烟。

父亲最得意的事就是养活了我和小弟两个儿子。弟读完高中，没考上大学，自己到镇上找了份工作，四年后弟在镇上盖了一幢房子，娶了媳妇。弟接父亲去住，父亲便含着烟袋背着手去了。住不到一个星期，父亲气呼呼又打道回府了。没别的原因，只因为父亲随地吐痰的毛病。弟媳妇是县医院护士，新盖的房子干净整洁，父亲大人一咳一呸，弟媳极不习惯，让弟提醒父亲。弟一说再说，父亲火上来了："管天管地，你还管老子吐痰放屁！老子不住了！"于是一扭身便回了乡下。吓得弟跟在他屁股后面回来，连连道歉说："爹，爹，你老可千万别气坏身子，以后你想怎么着就怎么着，我决不说个'不'字。"父亲到家又抽了一根烟，气才消了，一挥手说："老二啊，爹不怪你，爹这毛病几十年了，你妈都管不了，没办法的事，就是天王老子也改不过来我这个毛病了。"弟回头又去商店给父亲买了十条上好的烟说："爹，你慢慢抽，我得空回来再给你带些来。"

我是幸运的一个，读完高中，顺利考上北京一所名牌大学，在学校时交了个北京籍的女朋友，毕业后就在北京一家合资企业谋个职位。通过数年奋战，也算小有成就。今年春天，我购了房子，有了一个真正属于自己的天地。在我和爱人的一再要求下，父亲终于答应来看一看。父亲带着母亲千里迢迢而来，他看过我的新居后十分满意说："赶上老二刚在镇上盖的小别墅了。"有妻子在一旁小心侍候，母亲也乐得合不拢嘴。

父亲次日决定到我的办公室视察一下，他无法想象自己山沟沟里长大的儿子拥有什么样一个办公地方。我只好将他带去。父亲乘电梯上到23层，走进我的办公室，禁不住睁大眼，啧啧不已，我的办公条件之好是他想也想不到的。这时候老习惯又出来作怪了，父亲猛然一咳，准备吐时才发现地上铺着干净的地毯，甚至比乡下睡觉的床单还干净十倍。父亲一时无处可吐，一脸尴尬，我的秘书急忙把痰盂递了过来。父亲酱红的脸成了紫色，回到家对我母亲说："让人家大姑娘侍候，真是惭愧得很。"母亲笑他说："那就改改你的毛病吧！"父亲连连摇头说："改不了，一辈子了，天王老子也不能让我改过来了。"

到北京的天安门看一看是父亲多年的愿望，接下来父亲便要去天安门广场。我因为与外商有个约会，牵扯到公司几百万的合作项目，不能相陪，只好由妻子一个人代劳。谁也没有想到就是那天发生了父亲平淡一生中最值得大书特书的一笔，我至今都后悔自己当时不在现场，不能目睹父亲那一刻的高大形象。

那天上午，父亲从毛主席纪念堂出来，站在那排飘扬的红旗前，习惯又发挥了不该发挥的作用，激动的父亲突然大咳一声，母亲来不及制止，一口浓痰已落在广场上。一位戴红袖章的大妈应声出现，递给父亲一张罚款单，父亲的脸再一次成了紫红色。他连连向老大妈鞠躬道歉，并交了五元罚款，他真诚的态度使那位执法的老大妈倒有些不好意思了。父亲的举动吸引了两名不怀好意的外国人，他们等执法大妈离开后围住了父亲，叽里咕噜说半晌，汉语中夹杂着英语。父亲似懂非懂，最后终于明白老外的意思：只要你朝地上吐一口痰，我们就给你一百元。老外手中握着100元钞票在父亲面前晃来晃去。

父亲起初感觉很奇怪，接着就对那两个红发高鼻子的外国人产生了警惕性。那是什么？父亲指着老外肩上扛约正对着自己的摄像机问。老外狡猾地笑着解释：它类似于放电视，这里录下来，拿回家可以重放。父亲突然明白了，他骂了一句很难听的话，在乡下那是一句很恶毒很解气的话。父亲连连摆手，态度坚决，绝无任何商量的余地。父亲拒绝了那一百元的诱惑，尽管他刚刚失去五元人民币。许多人围过来看，父亲大声说："把我丢人的事录下来，回去让老外看咱中国人的笑话，真他妈想得出来！"他又努力地咳了一声，再也不说话，直到离开广场，把那口痰吐进一个绿色垃圾筒内。一位晚报记者目睹这件事的全过程，次日在晚报头版发表署名文章，并配发了父亲的巨幅照片。父亲握着报纸左看右看，半天后笑道："老了，老了，还上了一回报纸。"

父亲在北京住了一个多月便和母亲回了老家。

一天，妻子忽然问我："你说你父亲有个吐痰的毛病，他来咱家那么久我怎么一次也没看到呢？"经妻这么一问，我才注意到，父亲自从那次"天安门事件"后，再也没有随地吐痰了。

半年之后，收到一封母亲的来信，说了些家长里短的话后，母亲很高兴地表扬父亲："去了一趟北京，回来后你爹把他多年来吐痰的毛病改了，再没见他随地吐过一次痰。"

一 剑 封 喉

　　天目山下，东、西、南、北四大侠团团围住老魔头，刀光剑影，杀气四溢。四围花草枝叶纷纷坠落，黄沙弥漫。

　　老魔头力敌四大侠，全无畏惧，手中九耳大环刀呼呼生风，神出鬼没，指东打西，指南打北。四大侠各使看家本领，丝毫不敢怠慢。忽然，东侠诸葛洪一不小心，左臂被九耳大环刀刀尖挂着，血光乍现。西侠白崇文大叫："东侠小心。"他这一喊，却分了心，老魔头一招"飞天回首刀"，将西侠劈为两半，血溅满地。南侠、北侠两人大怒，合力使出"乾坤扭转剑"，一个奔老魔头下三路，一个奔上三路，老魔头哈哈大笑说："找死！"说完，刀背朝上，挺身跃起，身带刀走，刀随人行，瞬间，南北两侠一死一伤。东侠诸葛洪惊叫："荆五刀法！"

　　"算你识得！"老魔头冷笑一声，"你等不识好歹，来自寻死路。"

　　"哼，老魔头，你作恶多端，我等代江湖中正义之士前来诛你，虽死无憾！"东侠、北侠各挥手中兵器，奋力再战。

　　忽听一声哨响，从林中飘出一人，白衣胜雪，长相俊朗。只是只有一条左臂，手中握着一柄长剑，右臂袖内空空，不知何时残了。老魔头收住刀跳出圈外说："你不是我家书仆断臂白胜吗？"

　　"过去三年是，现在我是皇甫世康，皇甫宪之子！"

　　"你是皇甫后人？"老魔头大吃一惊。

　　"老魔头，当年为得《荆五刀法》，你在二龙山下偷袭中原大侠皇甫宪夫妇，逼得他们双双跳入二龙深崖，上苍睁眼，那皇甫夫人并没死，她被一棵树杈挂住，捡了一条性命，当时她腹中怀有九个月的胎儿亦提前降生。那个在崖边出世的儿子就是我皇甫世康，我们母子隐身禹州小禹村十七年，三年前我更名换姓到你家，陪你那傻儿子念书做书童，目的就是拿回《荆五刀法》，同时，研习你的功夫，寻出破绽，好为我父母报仇。"

"乳臭未干的黄毛小儿，就凭你，要取我性命，再过二十年也是枉然。"老魔头冷笑道。

"老魔头，休要猖狂，你在江湖中作恶多端，英雄侠士，人人可得而诛之。今日，还有我们东、北二侠在此相助，皇甫少侠定能心想事成！"北侠老黄松喝道。

"哼，你们东、西、南、北四侠在我眼中不过四条小虫罢了，不足挂齿。"老魔头扭头又对皇甫世康说："即便你窥得我的武功弱处，那《荆五刀法》还在我手上，你如何拿得去！"

"你看这是什么？"皇甫世康从怀中取出一书，正是那本《荆五刀法》！"老魔头，你真是聪明反被聪明误，这本刀谱你担心被人盗去，并不放在自己身边，而是放在你的傻儿子身边。你以为这样大胆做法无人能想得到。我到你家三年为仆，为的就是这本书，从你傻儿子那里取这本书，如同探囊取物一般。这本刀谱刀法凶狠，落入你这种人之手，只会祸害好人，今天就让它化成烟云。"说完，又从怀中取出一小瓶子药液，滴在那书上，少顷，《荆五刀法》化作一股浓烟不见了。

"哇呀呀，气死我了！"老魔头大叫一声，使出一招，直逼皇甫世康过来。老魔头这一招叫"猛虎摆尾"，是《荆五刀法》中最凶险狠毒的一招，他这刀先砍对手双脚，若对手一跃，躲过这刀，他刀锋一转，回手直扫对手腰部，这一招一般人都难躲过，真有高手，身体麻利的，躲过去了，他还有第三招，直奔脖颈，任你天大本事，也难躲过。但见皇甫纵身跃起，双脚一提，身子与地面平行，老魔头的头三招过去，将皇甫世康的腰带结儿削断。

但见皇甫世康的腰带炸裂，突然皇甫世康右臂弹开，随手从腰间扯出一道白光，那白光如闪电一闪，皇甫世康已在三米外站稳双脚，老魔头亦直直站在那里，刀缓缓放下，一丝血渍自也喉间洇出。"你不是一只胳膊吗？"老魔头微笑着问。

"三年束臂，只待今日，一招毙你。'一剑封喉'乃家母研习十年，对付'猛虎摆尾'的绝命招。一条胳膊换汝一条性命，我终完成母命，替父报了血仇，值！"皇甫世康说完，也不理会东、北二侠，转身就走。走出两步，他的左臂如同断竹赫然从袖筒中脱落。东、北二侠大惊，原来皇甫世康自己左臂也中了老魔头一刀。他们再回头看老魔头，却如同一个装满东西的麻袋，轰然倒地，一腔热血从他的咽喉中喷射出来。

惊 天 大 假

"这世界上假的太多，假烟、假酒、假农药、假种子、假化肥、假币……"打假先锋、地球上打假的重量级人物孔先知下班回家，一身疲惫地对夫人说。

夫人也随口附和："是啊，假大夫、假警察、假身份证、假学历证、假结婚证，更新鲜的是连整个人也似乎可以造假了。"

"你说的那是克隆技术，克隆羊、克隆牛、克隆人。"孔先知给夫人解释，忽然他看住漂亮迷人的夫人说："这世界上没有不能造的假，你会不会也是假的呢？"

"这、这怎么可能呢，我们都是多少年的夫妻了，我身上哪一处你不清楚，谁还能把我做得出假来？"夫人神色有些莫名的恐慌，但孔先知却并没注意，他正对自己这个新奇的想法兴趣十足。

"这样吧，"他说，"我出几个题考一考你，如果你没有答对，那我可要好好检查一下你是不是真的了！"孔先知说着，脸上露出一丝不怀好意的笑，他是想借此和夫人开一个荤玩笑。"第一个问题，你说我俩是何年何月何日在何处有的第一次接吻？"

夫人皱着眉想了半天也没说出来，她自嘲道："谁有那份闲心记着这种事呢！"

孔先知闭着眼想了想又问："第一个问题没答对，扣三十分。第二个问题，请问咱俩是何年何月何日在何处由谁做主婚人主持结的婚？我俩进入洞房后共同做的第一件事是什么？"

夫人张口半晌无言以对，她抚着太阳穴说："瞧我这两天正犯头痛病，把什么都忘记了！"

孔先知心中有些怀疑了，他怎么也想不到，夫人连他们结婚大喜的日子都不能回答上来，难道事实真的让他不幸言中？如果真的如此，天啊，他不敢想不去，故作轻松地说："第二个问题没有回答出来，再扣三十分。夫人，我再问你最后一个问题，咱们的儿子是何年何月何日何时在何地出生的？儿子的生日是母亲的难日，这个你总不会也不记得了吧？！"

"我、我不知道！"夫人无奈地回答。

这时手机响了，孔先知把手机放在耳旁。

"你好，大名鼎鼎的打假猛将孔先知先生，我是宇宙制假公司总裁庄周博士，刚才在你家发生的一幕，我通过1011号，对不起，也就是现在正站在你面前的那位夫人发回的信息都看到了。这件事我不怪1011号，因为我们采用的智能电脑采购自另一家制假公司——银河系制假公司，它不幸正好在你考问1011号时发生了一点小小故障，结果使1011号的大脑几乎处于瘫痪状态。我不得不在此时向你摊牌。"

"庄周，你说的是什么意思？"孔先知拿手机的手在轻轻地发抖。

"也许你不愿承认这个事实，但它的确已经在你身上发生了。你在打假方面取得举世公认的巨大成绩，但却给我们制假行业造成不可估量的损失。为此我们投入大量人力物力，三年前终于研制成功1011号和1012号产品。对不起，1012号就是你现在的儿子。实话告诉你吧，你如今居住的房子所用的家用电器等全部是我们制假公司的产品，与你共同生活两年的夫人、儿子也是我们的杰作，至于你的真正夫人和儿子，他们早已被移送到另一个地球。从这么长时间试用情况看，1011号和1012号表现还比较不错，完全可以在人类中推广使用，如果不是由于银河系制假公司的产品出现质量问题，我们的计划还会进一步深入，但现在我们不得不终止它。为此，这对我们造成的巨额损失，我们会向银河系制假公司提出索赔的。"

"庄周，你胡说八道，你们对我的夫人和儿子都做了些什么？"孔先知焦急地问。

"啊，这个你大可放心，他们在另一个地球，与另一个你（那也是我们公司的产品）生活得很愉快。孔先生，你已知道真相，现在已不适合在这个地球上生活，我将派宇宙保安人员负责把你移送到另一个地球。你的夫人和孩子在那里等你。当然，我们会制造一个和你一模一样的打假猛将代替你，唯一不同的是，他会为我们工作。我们很快就会控制这个地球，哈哈……"

"你这个无耻的流氓！"孔先知骂。

"骂人是不文明的行为。我工作很忙，你如果还有什么事不懂可以问1011号。再见，打假英雄。"那边电话挂断了。

孔先知望着眼前的夫人，夫人耸耸肩说："我很抱歉，一直瞒着你，这是我们公司的规定，我们俩必须遵守。1012号也就是你的儿子，他和我一样是造假公司的产品，现在我们就要分别了，我想真心谢谢你，你是一个不错的男人。"

这时，门铃响起。

"他们来了！"夫人说，"祝你在另一个地球和你真正的家人过得好。我很羡慕你夫人拥有你这样一个好男人。夫妻一场我还想告诉你一个秘密，你将要去的那个地球也是假的，它是银河系造假公司的产品，但愿它不会出什么意外故障。再见，亲爱的。"

狼　变

　　桂子和老狼相遇在金黄的一望无垠的麦田。

　　桂子给在地里割麦的爹娘送完饭，一边啃手中的馒头一边雀跃着往回走。老狼突然间出现在她面前，它安静地坐着，前腿直立，支撑着脑袋和双肩。桂子一步步走近，伸手摸了摸它的额头，它竟侧过嘴伸出舌头舔一舔桂子的小手，桂子把一块馒头塞进它的嘴里。桂子走几步，回头，老狼还伫立在那里。桂子招招手，同时丢一块馒头在地上。老狼迟疑片刻，跟过来，很准确地叼起那馒头咽下去。桂子很高兴，又走几步，又丢下一块，它果真跟上来了。桂子暗喜，她真的开始喜欢这个动物并决心把它引诱到家里养起来。

　　村口有一帮人，有的捧着碗大口大口吃凉面条，有的一边喝凉水，一边大声讲着粗鲁的笑话。桂子从金黄色的麦田里钻出来，有人看到了，但没有人注意这个瘦小的小姑娘。紧接着，老狼出现了，立即引起村口人们一片惊慌。

　　"狼，快看狼！"首先一人大呼。人们呼啦散开，很快拿着棍子、铁锹、砖头奔出来，让过桂子，逼向老狼。老狼收住脚，眼中闪过一丝失落，转身遁进麦田深处。桂子伤心地抽泣说："你们赔我的大狼狗！"

　　爷爷正在擦猎枪，他是有名的猎人，更是方圆百里闻名的赤脚医生。桂子抹着眼泪把经过告诉爷爷。"娃儿别哭，爷爷信你，不是狼，是大狼狗！"爷爷安慰她。

　　次日，桂子在同一个地方，又遇见老狼。桂子欢快地冲老狼招招手。她走几步扔一块馒头，老狼便一步步跟过来。来到麦田地边，老狼止住脚步，任桂子怎样招呼，它都不走，只是那目光里充满了慈祥和忧郁。桂子说："你等着，我去叫爷爷。"

爷爷来时，已不见了老狼，只有一眼望不到边的麦浪，一波一波地滚来滚去。"它是一匹好狼狗哩！"桂子说。爷爷望着麦田若有所思说："娃啊，爷爷知道它是！"桂子不晓得，敏感的猎人已经发现藏身于麦田中正在偷窥的老狼。

第三天，同一个地方，桂子又见到老狼。让桂子吃惊的是，老狼的一条前腿鲜血淋淋。"你受伤了！谁把你歹成这样的？"桂子心疼得差点儿掉泪，她摩挲着老狼的脖子说："跟我走吧，回家让爷爷给你治伤。"这次老狼跟着她走出了麦田。爷爷正站在村口，背个小包，手里提着一杆锃亮的猎枪。"它受伤了！"桂子说。爷爷放下猎枪，蹲下身子，仔细审看那个伤处，然后从背包中取出一包紫色药粉，给它敷上，又用蓝布包扎好。老狼侧过头舔一舔桂子小手，转身消失在麦浪中。

"桂娃儿，它不是狗，是一匹母狼！"爷爷说。"它真的是一匹狼吗？可是它看上去一点儿也不凶！"桂子说。"这是一只有心事的老母狼，它腿上的伤不是别人打的，而是它自己用牙咬伤的！"爷爷一边说，一边皱着眉思索。"它为什么要咬伤自己呢？"桂子大惑不解。

两人往村里走十几米，爷爷停下来说："桂娃儿，咱们现在可以拐回去看个究竟了。"桂子问："为什么刚才不跟在它后面呢？"爷爷说："那样它很快就会发现我们，它就不会去它真正要去的地方了。"桂子随着爷爷走出村，钻进麦田中，两人东钻西钻有近半个小时，来到一个山坡上，爷爷屏住呼吸，指着前方说："桂娃儿，你瞧！"

桂子睁大眼，她几乎不相信自己看到的一切。老狼在一个小山窝里，它身边还有一只狼崽儿，一条前腿没了，血已结成块儿，糊在胸腹处。老狼正在用尖锐的牙齿把那刚包扎过的腿布撕开，用舌头舔那腿上的紫色药粉，然后一口口吐在狼崽儿胸腹处。

爷爷说："我明白了，为给小狼崽治伤，这条母狼费尽心机，它先和你亲近，然后把自己的腿咬伤，好从我们这里搞到治伤的药，再回来给它的崽儿医治。"

"它是一匹善良的狼妈妈，为了孩子，不惜伤害自己。"桂子说。

爷爷已经端起枪，瞄准。爷爷枪法很准，他很少放空过。

　　"不，你别打它！"桂子大声阻止。

　　老狼闻声抬头望来，眼含凶光。当它看到站在那里的桂子，目光又慈祥下来，低下头，叼起自己的狼崽，缓缓走向田野深处。

　　爷爷的枪没有响，爷孙俩看着老狼和小狼崽一步步走远，消失在山坳那边去了。

猫 鼠 争 霸

鼠是局长家的鼠，猫是老孔家的猫。世界动物协会举行五湖四海动物运动会，老孔家的猫报了拳击比赛，局长家的鼠也报了拳击项目，其他狼、虫、虎、蛇也都有报名参加的。经过激烈的角逐，最后进入冠亚军决赛的是局长家的鼠和老孔家的猫。冠亚军争霸赛，通过通讯卫星转播，举世瞩目。

狗记者采访局长家的鼠："你有信心打败猫吗？"局长家的鼠说："当然，我会把它的门牙打掉三颗，并在第三个回合将它击出拳台。"狗记者采访老孔家的猫，老孔家的猫说："咱走着瞧吧，比赛那天我会用拳头教会它怎样变得有修养的。"

各大媒体争相报道猫鼠争霸，读者纷纷掏腰包想了解更多内情。狗记者进行更深一步报道，自然要采访两位参赛者的主人。局长说："比赛本着公正、公平、公开的原则，更高、更强、更快是我们的比赛精神，友谊第一，比赛第二嘛！"老孔说："说心里话，我希望我家的猫能赢。"狗记者在报上发表署名文章，对局长的言行给予高度评价："局长大人不愧是领导，说话有分寸、有水平。当然，老孔为自己家的猫求胜心切，也可以理解。"

决赛的日子就快到了。这天晚上，局长的秘书敲开老孔家的门。局长秘书转达局长的意思，希望老孔做一做他家的猫的思想工作，要不露痕迹地输掉这场比赛，把冠军让给局长家的鼠。为什么？老孔十分不理解。局长秘书说："这个道理你不明白吗？局长是局长，是领导，你老孔是平头百姓一个，局长是讲面子的，你家的猫若赢了局长家的鼠，你让局长今后面子往哪里搁？要考虑领导的公众形象和影响嘛！"

"我不同意，局长不是对媒体说要让猫与鼠公平竞争吗？他局长要面子，难道我平头百姓老孔就不要面子么？"老孔据理力争。

"笨瓜，那只是面对公众口头上说一说，做的表面文章，你不想想，实际上能这样做吗？"秘书说。

"那我也不同意。"老孔坚持己见。

"你不是有个儿子下岗还没找到工作吗？局长说了，他最近将安排你儿子到世界银行工作，条件就是，你家的猫必须输了这场比赛。"秘书扔出最后一张王牌。

事关儿子的前途命运，这张王牌击中了老孔，老孔沉默良久，只好点头。

老孔与自己家的猫商量，猫说："人家请的拳击教练是著名拳王阿里，陪练是出拳凶狠无比的迈克·泰森，我们因为资金紧缺，连个一般陪练都没有请。我们各方面条件都不如他们，在艰苦的条件下，是我靠着顽强的毅力和坚忍不拔的精神才取得今天的成绩，现在到了关键时候，最后一搏，我就可能成为世界动物拳击协会的冠军，马上功成名就了，所以我不能输掉这场比赛，我要让我的拳头实话实说。"

老孔一说再说，猫就是不答应。老孔晚上睡不着觉，在"要儿子的工作"还是"要猫的拳王金腰带"这两条路上，做激烈的思想斗争。最后，老孔一咬牙，做出一个选择。此后数日，老孔为他们家的猫买来了最好的热带鱼，让猫营养充分，同时花巨资请来当今称霸拳坛的英国拳王刘易斯做陪练。猫对老孔非常感谢地说："如果取得冠军，这军功章上有我的一半，也有你的一半。"

比赛那天，世界中心电视台进行了卫星实况转播，猫在前五个回合一直占据主动地位，第五个回合将局长家的鼠击倒，局长家的鼠在裁判数到第七秒时才站起来。然而到第六个回合，老孔家的猫肚子突然出问题——拉稀。一个回合中要去三趟厕所。猫的体力迅速下降，第九个回合，局长家的鼠终于占了上风。虽然猫拼命出拳，但已有心无力，在第十一个回合时，被局长家的鼠击倒六次。猫坚持到第十二回合最后一分钟时，被局长家的鼠以一记凶狠的左钩拳击倒，再没站起来。

当天晚上，局长在香格里拉饭店举行庆功宴，祝贺他家的鼠取得世界冠军，世界著名影视明星及体育界知名人士都参加了。而老孔在家中也为猫举行了一次丰盛的晚餐，猫说："真对不起老孔，我本想拿个世界冠军，没想到关键时候拉稀，这是导致我失败的根本原因。"老孔握了握猫的手，什么也没说转过身去揩下了眼泪。老孔知道，他下岗的儿子可以去银行工作了，但对猫来讲他却问心有愧，是他在比赛前给猫吃了泻药……

天上掉下豆腐渣

经过党、政、工、团各主要领导深入细致的研究，县里决定要在东环城河上建一座大桥。作为该县的形象工程，领导们非常重视，拟批巨款建设。那么，这座形象工程应该由谁来承包呢？有人建议请中建公司，有人建议请省建公司，还有人建议请××承包公司，为示"公平、公正、公开、透明"，为更好地保质保量，县里决定公开招标。

环球 TMD 工程建设公司的老板孔先虎很想得到这个工程，他亲自去找建委主任。去不能白去，带了几包烟，烟卷里不是烟丝，是钱。建委主任收了"香烟"说："来就来了，还带什么烟呢。"孔先虎说："你看那个工程……"建委主任说："你是咱县比较有实力的建筑承包商，由你承包我没啥意见，但这事儿不是我一人说了算的，你还得去问一问主管工程的副县长。""谢谢主任指点。"孔先虎躬着腰退出建委主任的办公室。

回到家里，女儿问孔先虎："爸爸，您忙什么呢？"孔先虎说："我忙着给各路神仙烧香呀！"女儿问："为什么要烧香？"孔先虎说："只有烧了香才能挣大钱。"女儿打破砂锅问到底："挣大钱干什么？"孔先虎拿手一撸女儿的小脑袋说："为了将来让你过上好日子！"

主管工程的副县长的夫人过生日，孔先虎送来了一块大蛋糕。夫人经验丰富，笑眯眯地收下了，她亲自切开蛋糕，发现里面有一枚蓝宝石钻戒。夫人对副县长说："这个孔先虎，不愧是在社会上混的主儿，多会办事呀。"副县长说："他一个小包工头，能有啥本事？"夫人一脸不高兴："我不管你如何做，我是把人家的大礼收了。"副县长叹口气，次日上班，把孔先虎叫到办公室说："先虎啊，你想着那个形象工程我知道，由你承包我本人也没啥意见，但这事还得县长亲自拍板。"孔先虎连连道谢："谢谢副县长指点。"

孔先虎低着头走进家门，女儿问："爸爸，为啥一定要这样呢？"孔先虎说："舍不得孩子套不着狼，等你长大就懂了。"女儿问："我刚才在中央电视台看了一个报道，'豆腐渣工程'害死人——"孔先虎身体一颤，打断女儿的话："小孩子只管好好学习，莫瞎说。"

孔先虎找到县长，县长看孔先虎拎着一个厚厚的密码箱，严肃地说："革命不是请客送礼，你这不是挖个火坑让我跳吗？关于承建形象工程的事，实话告诉你，有许多人来找，送的礼比你的大多了，但是，我在大会小会上多次表态，要向全国公开招标，在招标过程中要充分体现'公平、公正、公开、透明'的重要原则。你想承包大桥工程不是不可以，那就去参加公开竞标吧。"

孔先虎回到家闷闷不乐，坐在沙发上一根接一根抽烟。女儿说："我和县长女儿同在少年舞蹈队学习，她说她爸爸有个爱好——收集名人字画。"孔先虎眼睛一亮，摁灭了香烟说："乖女儿，你这回帮大忙了。"

孔先虎再见到县长时，手里就多了一幅字画。孔先虎说："县长，听说您是字画方面的行家，你帮我看看这画是不是赝品？"县长笑眯眯地说："哎呀，你也对字画有兴趣？"县长一边说一边迫不及待地接过画，打开一看，脸上的笑当即就僵住了。县长问："这画你从哪里弄来的？这，这可是空前绝后的无价之宝啊！"孔先虎说："县长你喜欢就拿去吧，英雄配美人，名画赠知音嘛。"

女儿后来问孔先虎："爸，那幅画花了您多少钱？"孔先虎说："羊毛出在羊身上，你老爸从来不做亏本生意！"

按有关规定，招标远程"公平、公正、公开、透明"地如期进行，最后中标者是——环球TMD工程建设公司孔先虎……大桥建成那天，要在新建的形象工程上举行通车典礼。县长、副县长、建委主任西装革履地赶来。为示庆贺，有关单位还邀请少年舞蹈队前来跳舞助兴，孔先虎和县长的女儿也在其中。

天气晴朗，彩旗飘飘。通车典礼由主管工程的副县长主持，县长剪彩，建委主任等在一旁带头热烈鼓掌。孔先虎和许多观众一样，站在桥的两头观看。孔先虎不看县长们剪彩，只看女儿在桥上一扭一扭地跳舞。女儿是孔先虎的掌上明珠，他很骄傲自己有这么个卓越出众的后人。

突然，一声巨响，孔先虎以为晴空打雷，抬头看天，天空万里无云，平静如镜。究竟是哪里发出这么一声巨响呢？孔先虎低下头，忽然发现：眼前的桥没了，建委主任、副县长、县长都消失了，他的宝贝女儿也没了，县长的女儿也没有了，桥上所有的人都没了，只有奔腾、浑浊的河水咆哮着翻卷而去。

一股热血从孔先虎足底升起，嗖地穿过双腿、穿过心脏，在大脑里炸开。孔先虎突然发现一切都变了：塌桥残处，裸着一叠叠的钱币和白森森的骨头碴，河水血红血红，有一缕一缕的长发在起起伏伏……天空中是什么在不停地坠落，白白的，一团一团的，砸在头上，一点也不疼。孔先虎在头上摸了一把，拿在手里细看……

天啊，天上掉下豆腐渣了！

陈振林，男，湖北省作家协会会员，荆州市学术带头人，中学语文高级教师。自 1989 年开始文学创作，在《北京文学》《读者》《青年文摘》《当代小说》《短篇小说》《百花园》《小小说选刊》《微型小说选刊》《新青年》《小小说月刊》《芳草》等刊物发表文学作品近百万字；出版有诗集《青果》、文集《风，轻轻地吹》、小小说集《锋利的刀口》《父亲的爱里有片海》《一块玻璃值多少钱》。小小说集《阳光爬满每一天的窗子》，2009 年获冰心儿童图书奖。

陈振林卷

人 与 蜂

炎炎夏日到来之时，我去开窗子，窗子还没打开，却清楚地看到窗台上方一团黑糊糊的东西，这是个蜂窝。蜂窝上歇满了黄黄的马蜂。我惊讶于马蜂们建造蜂窝的速度，前些天我开窗时是没见着的。我又担心起这带刺的蜂们，因为我家中还有八岁的小女，说不定什么时候它们会把她刺着。我想着要把这蜂窝给捅下来。我开始全副武装，穿上了厚厚的夹衣裤，戴上了手套和帽子，脸也用毛巾蒙着，只漏出两只眼睛。我拿着竹篙，像攻城的武士一样，慢慢地靠近蜂窝，伸出竹篙，才两下，蜂窝就掉了下来。马蜂们如鸟兽散，四处分飞。我也急忙逃离，不好，偏偏有只马蜂追上了我。我根本没感觉被马蜂蜇到，可是我躲进屋子时，我却发觉右耳已经肿起来了。妻边挤牙膏给我擦拭边说："谁让你捅马蜂窝呢？马蜂窝在这里也是没什么大碍的，你不去攻击它们，它们是不会主动攻击人的。"

八岁的女儿走过来，没有看我受伤的耳朵，却拉着我的手说："爸爸，你捅下了蜂窝，那马蜂们是不是就没有了家？那它们住哪儿？"

"它们会有自己的新家的。"我只能这样回答了。我知道我可能破坏了孩子头脑中美好的"家"的概念。

"爸，你看，马蜂们真的要有家了。"女儿叫我。我走近窗台，透过玻璃，我看见了落在地上的蜂窝。几只马蜂围着蜂窝，蜂窝时不时地滚动着，马蜂们像要把这蜂窝抬走似的。但是，我知道它们这是徒劳的，这怎么可能抬得动呢？看来，它们是真正舍不得自己精心建造的家呀，我为我的这种刽子手的行径不安起来。

过了几天，小女又喊我来看，来到窗台下，只见窗台上方的角落，又多了一个小黑点。

"是马蜂们新做的家哩。"小女雀跃起来，我的心也平静下来了，毕竟，马蜂们就要有自己的新家了。晚上看电视，电视里的《动物世界》正播放着马蜂的片子：按运动学和流体力学的观点，马蜂是不能够飞起来的，因为它们的翅膀很薄很轻，身子却显得笨重，不像蜻蜓那样轻盈，可是命运不好的马蜂们却不懂得这一点，拼命一飞，居然就飞起来了，而且飞得很是平稳……马蜂，居然比生活中的好多人都要勇敢，都要自信。好多的人，总看到的是自己的缺点，怎么也难飞起来……

晚上，女儿写了篇日记，日记的题目就叫做《我家养了窝马蜂》。

三十年前的一只蚂蚱

一幅画面，常在梅子的眼前闪烁。

青青的绿草地上，草绿得发亮，逼人的眼。青青绿草上，常常跳跃着小生灵。个儿大的是青蛙，一个后蹬腿，跑得无影无踪；个儿小的是数不清的蚂蚱，有绿绿的，有黄黄的，常常伸着长长的腿在青草上蹦个不停。草地上蹦个不停的还有孩子们。孩子们一来，草地上便有了生气。春天的草地上，孩子们拉着自制的风筝，拼命地奔跑着；秋日的草地，孩子们在草地上摔跤，撒开脚丫子追蚂蚱，逮住蚂蚱，在火上一烤，香脆得让人直流涎水。

"水牛哥，你再给我逮只大点的给我吃好吗？"是个小女孩甜甜的声音，小女孩扎着羊角辫，不过八九岁。

"好，梅子乖，水牛哥就给尔去抓。"说着，十来岁的男孩已经撒开脚丫跑远了。

一会儿，一只香喷喷的烤蚂蚱递到了羊角辫子前。

"水牛哥，长大了我嫁给你好吗？你天天逮蚂蚱烤给我吃。

"好哇，那时，你做了我媳妇，我让你满肚子都是烤蚂蚱，还生个娃娃也是蚂蚱……"

就是这样一个画面，30年了，在梅子的脑海里已经定格成了一道亮丽的风景。

可是，风景画的主人公呢？

梅子上了大学，毕业后留在省城，有了一份好工作，找了一个好老公，生下了一个聪明的儿子。那个水牛哥，仍然生活在那块青青的绿草地上。

越是觉得幸福，梅子越是想到那块青青的绿草地上去走一趟。终于，国庆节可以休一个长假，她想着要实现自己的计划了。

买什么东西去呢？想来想去，她在城东工艺品市场买了个木制的蚂蚱。带着木蚂蚱，梅子飞一般地跑向青青的绿草地。

十月的草地已经开始变黄。微黄的草地边，立着间不高的房子。房子前面的空地上，一个四十岁上下的男子拿着饭碗，一口一口地喂着身边的女人。女人虽一副病态，却仍然不时幸福地笑着。不远处的草地上，有一个十多岁的小男孩在自由地玩耍，手里刚刚逮住一只小蚂蚱。

梅子轻声叫过小男孩，递给他那只木蚂蚱。

然后，梅子转过身，朝返回的客车走去。她的嘴角带着微笑。上车的那会儿，她分明看见那微黄的草地上，有蚂蚱在蹦跳着，忽闪忽闪地。还有一个男孩带着个女孩在欢快地奔跑着，手里拿着刚刚烤熟的蚂蚱。

那片微黄的草地，渐渐长成了青青绿色。

来一盘炸蚂蚱！在省城帝王宾馆，梅子高声地叫着菜谱，如鲁智深吆喝"拿酒来"一样地豪放。

父亲的爱里有片海

我从海边回到"金海岸"小屋的时候，已经是下午五点多钟。我是从海边回来的最后一拨人，其实昨天我就可以回来的，要不是为了多拍几张"海韵"图片，回去让我的那些还没见过海的学生们长长眼，我才不会在这海边多待一会儿呢。从前天开始，广播、电视、报纸等各媒体就发布消息，大后天将会有台风登陆。昨天就有大半游玩的人返回了市区，今天只剩下小半游人，而且所有剩下的游人都手忙脚乱地在"金海岸"小屋收拾着行李，准备马上离开。

"金海岸"小屋是个前后左右上下六面都用厚铁皮包成的小屋子，只在朝海的那面开了个小门。这也许是经历风暴者对小屋的最佳设计吧。小屋里有些简单的生活设施，可以供人们将就用着。这小屋挺有特色，前天我专门为它拍了几张特写照片呢。这小屋离海边最近，到海边游玩的人们常在这儿歇会儿脚。说它最近，其实走到海边也是要一个多小时的。

天，总是阴沉着脸，像要随时发怒似的。要不是"金海岸"的小老板有一台收音机响着，这"金海岸"早就没有了一丝活力。要在旅游旺季，"金海岸"屋里屋外人山人海，与繁华的市区比也毫不逊色。

"这铁板做成的金海岸也不是金海岸了，大家快收拾东西到市中心，躲进厚实的宾馆里去吧。"那小老板不停地大声叫着。

人们各顾各收着东西，少有人说话。我的东西很少，早已收拾停当。忽然，我看见两个人，约莫是父子二人，父亲有四十岁的样子，儿子不过十来岁。父子俩一动不动，孩子无力地倚在大人身边。父亲提着个纸袋子，好像只有条毛巾和一个瓶子。可是，他们一点也不惊慌，仿佛明天就要到来的台风与他们毫无关系。

"父子俩吧？"我走过去，搭了搭腔，那父亲模样的人点了点头，算是回答。

"收拾收拾，我们一起走吧。"我是耐不住寂寞的一个人，又说。

父子俩没有吭声，四十岁的父亲对我笑了笑，却没有回答。我想他们是对我还有一种戒备心理吧。

"您说，明天真的有台风？"一会儿，倒是那父亲盯着我问。我重重地点了点头。他的脸上爬上了失望的神色。

还有一个多小时公共汽车才来接我们回市区，人们都拿出早就准备好的食物来对付早已咕咕叫的肚子。我也拿出了我的食物，一只全鸡，一袋饼干，两罐啤酒。

"一起吃吧。"我对他们两人说。

"不了，吃过了。"那父亲说，说着扬了扬他那纸袋子里的瓶子。是一瓶榨菜，吃得还有一小半。

我开始吃鸡腿，那父亲转过头去看远处的人们，儿子的喉结却开始不停地蠕动，吞着唾沫。我这才仔细地看看孩子，瘦，瘦得皮包骨头一样，偎在父亲身旁，远看倒像是只猴子。我知道孩子肯定是饿了，撕过一只鸡腿，递给了孩子。父亲忙转过脸来对我说了声谢谢，我又递过一只鸡翅给那父亲，父亲这才不好意思地接在手里。等到儿子吃完了鸡腿，父亲又将鸡翅递给儿子。儿子没有说话，接过鸡翅往父亲嘴里送。父亲舔了下，算是吃了一口，儿子这才放心地去吃。

我忙又递给孩子父亲几块饼干，说："吃吧，不吃身体会垮掉的。"父亲这才把饼干放进嘴里，满怀感激地看着我，又问："您说，明天真的会有台风？"

"是的呀，前天开始广播、电视和报纸就在说，你不知道？"我说。父亲不再做声了，脸上失望的阴云更浓了。

"你不想返回去了？"我问。

父亲长长地叹了一口气，说："还怎么能回去呀？"他的眼角，有几颗清泪溢出。

"怎么了？"

"孩子最喜欢海，孩子要看海呀。"他拭去了眼角的泪，生怕我看见似的。

"这有什么问题，以后还可以来的。"我安慰说。

"您不知道，"父亲对我说，'这孩子今年16岁了，看上去只有10岁吧，他就是10岁那年检查出来得了白血病的。6年了，前两年我和他妈妈还可以四处借钱为他化疗，维持孩子的生命。可是，一个乡下人，又有多大的来路呢，该借的地方都借了，再也借不到钱了，只能让孩子就这样拖着。前年，他妈妈说出去打工挣钱为他治疗，可到现在倒没有了下落。孩子就这样跟着我，我和他都知道，我们在一起的时日不会很长了。孩子就对我说，爸，我想去看看大海。父子的心是相连的。我感觉，孩子也就在这两天离开我，我卖掉了家里的最后一点东西，凑了点路费，坐火车来到这座城市，又到了这海边小屋子，眼看就能看到海，满足孩子的心愿了，可是，可是……"父亲哭了起来，低沉的声音。

"不管怎么样，还是先返回去再说吧。"我劝道。

"不，我一定要让孩子看到海。"父亲坚定地说。

接游客的汽车来了，游人们争着上了汽车。我忙着去拉父子俩。父亲口里连声说着谢谢，却紧紧搂着儿子，一动不动。但是我不得不走。我递给那父亲300元钱后，在汽车开动的刹那，我也上了汽车。因为我想也许还有一班车，他们还能坐那班车返回。到了市区，我问起司机，司机说这就是最后一班车了。我后悔起来，真该强迫父子俩上车返回的。但又想起父亲脸上的神情，我想那也是徒劳。给了300元钱，似乎心安理得了些，但那300元钱对于他们又有什么用呢？

当晚，我在宾馆的房间里坐卧不安，看着电视，我唯有祈祷：明天的风暴迟些来吧。

然而，水火总是无情的。第二天，风暴如期而至，听着房间外呼啸的风声，夹杂着树木的倒地声。我心里冷得厉害，总是惦着那父子俩。

台风过后，我要回到我的小城去上班了。回城之前，我查询到了"金海岸"小屋的电话号码，我想知道那父子俩到底怎么样了。到下午的时候，电话才接通。"金海岸"的小老板还记得我。我问起那父子，小老板说："我也是刚回到小屋，那父亲我前一会儿还看见了的。"我的心放松了些。他又说："听那父亲说，风暴来的当天，父子俩还是去了海边，幸好及时地返回了我的金海岸小屋。我的天啦，这次的海水还暴涨一点，淹没我的小屋，那他还有命吗？就在台风来的时候，那瘦瘦的孩子永远地闭上了眼睛，躺在父亲的怀里，脸上漾着幸福的笑容……"

　　我拿着电话，怔怔地站着。窗外，云淡天高，暴风雨洗礼之后的天空竟是如此的美丽！

一块玻璃值多少钱

早晨，四（2）班班主任孔老师一进教室，就被同学们叽叽喳喳地围着报告："教室后面朝外的一块窗户玻璃破了。"

"好的，我知道了。"孔老师说。孩子们便散到了座位上开始读书，像什么也没有发生一样。紧靠破窗户坐的是王小明同学，他嘟着嘴巴。

"王小明，不要紧的，快夏天了，窗户没玻璃还凉快点呀。"孔老师安慰王小明。

可是，在上午上最后一节课的时候，王小明却撅起了嘴巴。原来，有苍蝇从破窗户里飞了进来，歇在王小明的书本上，时而飞来飞去和他逗趣儿呢。窗外不远处，是学校的一个垃圾堆。

好不容易挨到下午放学，撅着嘴的王小明回家把这事告诉了妈妈。妈妈立刻安排爸爸的工作："你拿条烟去一去孔老师家，让他明儿把小明的座位换一换。"

第二天第一节课，王小明和李飞换了座位。和苍蝇做一天朋友的李飞下午回家把这事又说给了爸爸听，在市财政局做局长的爸爸把电话打给了学校的张校长，张校长给孔老师下命令："把李飞的座位换一换。"

这样，第三天时，李娟坐到了破窗户旁，李娟哭哭啼啼地跑回家，心疼孙女的爷爷立刻提着两瓶酒到孔老师家拜访。

第四天，张平的妈妈买了水果去了趟孔老师家。

第五天，王丽的爸爸挟着"脑白金"上门拜访孔老师。

……

等到下周的时候，全班 54 名学生竟然有 33 名家长用不同方式找了孔老师，希望家里的孩子不要坐在那扇破窗户旁。

可是，吴一坐在那地方的时候，窗户却安上了一块亮透透的玻璃。"是谁安上去的？"孔老师问。

"是我。花一元二角划了块玻璃安上的。"吴一轻轻地说。

下午学校放学后，孔老师留下四（2）班学生召开"一块玻璃值多少钱"的主题班会。同学们不知孔老师葫芦里卖的是啥药，等到孔老师打开两个大盒子时，才恍然大悟。两个大盒子里装着满满的礼品，有烟，有酒，有水果，每件礼品上写着一个学生的名字。

"同学们，一块玻璃价值不小哩，这些就是它的价值。"孔老师指着两个大盒子说。"换成钱的话，值三千元左右吧，还要加上几个当官的家长使用权力的价值。可是，它实际的价值是多少？请吴一同学说说。"

"一元二角。"一个响亮的声音。

"一元二角只是表面的。我们要知道，一个人的成长过程中可能都会遇到破了玻璃的窗户的时候，这时，不要只是靠爸妈，靠金钱和权力来解决。更重要的是靠自己。靠自己，有时真的很简单。"孔老师又说。

孔老师按名字将礼品发给了学生，同学们提着礼品准备回家后和爸爸妈妈说说这一块玻璃值多少钱。

受伤的白鹭

蓝蓝的天，白白的云，微微的风。

清清的湖水，偶尔掠起一阵涟漪。绿绿的水草上，不时停下几只白鹭。

已经好久没有见到这样一幅惬意的美景了。丁丁看着这画一样的田野，甭提多高兴了。但他是很难找到合适的词句来形容这幅画的，他才十二岁，读小学六年级。今天星期天，丁丁和同学小小一块到市郊来看风景。

砰！

是一声枪响，紧接着是一只白鹭掉了下来，掉在了青青的草地上。一会儿，有个三十多岁戴着鸭舌帽的人走近了那只掉下的白鹭。他带着枪，他也带着个黑袋子，准备将白鹭装进黑袋子。

"你不能带走白鹭！"不知是哪里来的一股勇气，丁丁叫道。

"我打下的，我不能带走吗？"鸭舌帽说。

"你打死了白鹭，老师说，白鹭是国家级保护动物，你犯法了。"小小也说道。

"哈哈，小家伙，给老子讲法呢，你嫩着哩。"鸭舌帽笑道。

"你就是不能带走白鹭。这只白鹭受伤了，我们要将它带回去给它治伤。"丁丁说。

"叔叔，你不要带走白鹭。"小小说。

"你们说不带我就不带呀？让开！小心老子手里有枪。"鸭舌帽抖了抖手中的枪。

丁丁和小小忙上前护住了那只受伤的白鹭。鸭舌帽急了，拿起枪，用枪托向丁丁和小小用力打去。丁丁和小小用手一拦，两人的手臂上顿时皮破血流。

"小小，我留在这儿，你去那边把我的爸爸和你的爸爸叫来。"丁丁说。

听了丁丁的话，鸭舌帽慌忙跑开了。其实，这是丁丁的一个聪明的小计谋呢，他们的爸爸都没有来。

见鸭舌帽跑远了，丁丁用双手抱起了受伤的白鹭。两人顾不得手上的伤，高兴起来，想着先回家，然后去给白鹭治伤。

进了城区，丁丁和小小正计划着怎么办时，冷不防一个声音响起："你们两个小学生怎么了，抓住了国家级保护动物白鹭？这是犯法的。"

"不是呀，叔叔，有人用枪打伤了它，我们想着给它治伤呢。"丁丁和小小望着说话的打红领带的男子说。

"你们真是好孩子。告诉你们，我就是市动物保护站的。这样吧，把白鹭交给我，我那儿有专治动物枪伤的药。"红领带说。

听了这话，丁丁忙把白鹭交给了红领带。这下，丁丁和小小才真正地松了一口气，两人会心地笑了，手上的伤也不觉得痛了，又到儿童游乐园玩了一会儿才回家。

丁丁一回家，就被爸爸叫住了："丁丁，你跑到哪儿去了，今天有点好菜，想等你回来，总等不到，快点来吃吧。"丁丁朝厨房那边看了看，爸爸和两个朋友正就着一大碗汤在喝酒。丁丁走过去，立即有人给他盛了一碗汤。丁丁抬头一看，这不是那红领带吗？红领带对他呵呵地笑着，说："今天的这一大碗汤呀，还真亏了你呀。"丁丁一惊，转身看了看桌子旁边的垃圾桶，垃圾桶里还有一堆白色的羽毛。丁丁一切都明白了。

"吃呀，丁丁，"爸爸说，"哟，你的手上怎么受伤了？今后出去玩得小心点。"

看着那一堆白色的羽毛，听着爸爸和红领带他们之间的谈笑，丁丁凝固了一般。

泪，从丁丁的眼里涌了出来。

黄老师

　　黄老师是我的老师。

　　那是县一中开学的第一天，我们急匆匆地往教室赶。偏偏，狭窄小道上，有个老头挡住了我们的去路。老头凌乱的头发，黑厚的额头下戴着副厚厚的眼镜，一手托着个酱油瓶，一手捏着几张零钱，想是刚才上商店买酱油了的。厚厚的眼镜片，厚厚的酱油瓶底，我们扑哧笑出了声。老头忙不迭地让开了路。几分钟后，上课铃响，是语文课。进来个老头，居然就是刚才路上遇到的那老头。头发还是那样地凌乱如鸡窝一般，居然，穿着双皮鞋，却没有穿袜子。

　　这就是我们的黄老师，黄光熙老师。

　　没有严肃的上课仪式，黄老师开始讲课。讲的是朱自清先生的《绿》。黄老师眉飞色舞，口若悬河，唾沫星子时不时地溅在前排同学的课本上。说朱先生笔下的"绿"呀，是任何人都描摹不了的，如果想描摹，一定是青蛙掉在了醋坛子，酸死了。我们哈哈大笑。

　　再来上课，他仍然是凌乱的鸡窝式头发，仍然穿皮鞋，不穿袜子，但我们喜欢听他的课。我鬼使神差般地还戎了语文课代表。一次送作业进他家时（那时教师在家里办公），他正蹲坐在小板凳上埋头洗衣服。好大的一盆子衣服，应该是一家人的吧。送了几次作业，我从没见过他的孩子们，更不用说见到他的爱人了。倒在他的书桌上看到了他写的文章，字是端端正正的蝇头小楷，文是清清爽爽的哲理之文。我真怀疑是出自他之手。就在一张随意扔丢的《羊城晚报》上，我翻看到了一篇署名"黄光熙"的三千多字的散文《经年》。

临近期末，我又去送作业，他递给我一本书："明天我就不能给你们上课了，送本书给你做个纪念。"书名叫《江城旧事》，书名下边赫然印着"黄光熙"三个字。

第二年的春天，我们走进校园，再次看到的黄老师，居然推着个小烟摊在校园里穿梭。于是，每天的早上六七点、晚上八九点，伴着一阵阵的车轱辘声，我们就知道是黄老师的小烟摊出摊、收摊了。

他为什么不教我们了呢？我们疑惑。

毕业后的一个中午，我路过县汽车站，见一家小商铺挂着"黄老师烟摊"的招牌。会是我们的黄老师吗？我想。探过头去，果然是他，正埋头清理着一盒盒香烟。他的头发，已经分成三七开发型，衬衫比以前洁净多了。

我没有打扰他。同行的朋友说，这黄老师呀，烟生意赚票子哩，他讲诚信，从不卖假烟，买烟的人很多都愿和他做生意的。

又过了五六年光景，我到县城有点事，在汽车站前，却没有看到"黄老师烟摊"了。问了问隔壁门面的女人，她说："他的儿子不争气，弄了好几箱假烟来卖，他认为坏了他的招牌，早不卖烟了。再说，这老头也忙着结婚哩，前前后后结了八九次婚了，上个月又请了婚酒，我还送了人情的……"

前年九月，我调到县城一中工作，在一条小巷，看到一家"黄老师足道馆"的招牌。我心里一惊，莫不是我们的黄老师？我不由自主地走了进去，在一本《中国足疗》杂志后面露出了一张脸，正是黄老师，在津津有味地看着《中国足疗》杂志。

"来了。"他说，他居然还记得我。

"看看，我在《中国足疗》上发表的足疗研究文章。"他又说，"今儿个我来为你做次足疗……"

"不了，我还得上班哩。"我说。

"在哪儿？"

"县一中。"

"做老师，做老师好哇……"黄老师说。我分明看到他厚厚的镜片里有团雾气似的。

不是几只狗的故事

刚从师范毕业的时候，我被分到了一个乡村小学任教。白天上几节课，晚上就在小学校里住校。同我一起住校的还有大兵和春子，和我一样，都是刚毕业不久没有女朋友的光棍老师。

我们仨把学校的一间小房当厨房，轮流买菜做饭，过得倒也优哉游哉。可是，接连几天，我们买回来做菜的肉一放在厨房就不见了。我们正怀疑是有学生拿走时，小学校的校长对我们说："我这几天常看见只黄狗在校园里跑来跑去，也许是它偷吃了吧。"我们都见过那条黄狗，瘦瘦的，却很有精神。于是，我们立即去找那只黄狗，准备找它算账。

在校园的墙角，我们看到了两只狗。一只正在吃着肉块的狗，是条黑狗。那只黄狗，蹲坐在旁，安闲得很。哦，原来这黄狗黑狗是一对情侣哩。单身的我们醋意地投过去几块砖头，没有打中它们，黄狗带着黑狗从一个狗洞里钻出去了。我们看着那被黑狗没吃完的半块肉，都愤怒不已。我捡起那半块肉，得意地拿回了我们的小厨房，我要用这半块肉来"钓"狗。

果然，下午最后一节课时，那只黄狗溜进了厨房。它正准备叼起那半块肉时，门"嚓"地被我们关上了。"关门打狗"的战役打响了。我们各人拿一根木棍，朝那狗拼命地挥去。谁想，我们打得越急，那狗叫得越厉害，猛然一跳，竟然破窗而出。我们只有无奈地放下手里的木棍，惊奇地看着黄狗扬长而去。

"总有一天会抓到你的，让我们饱饱地吃上一顿狗肉。"春子愤愤地说。

第二天，我和春子上完了课，正在校门口闲聊。忽然，那黄狗又进入了我们的视线，在马路的对面，它衔着根骨头，向学校这边跑来。它急冲冲地过马路，和一辆快速奔驰的汽车碰了个正着。汽车疾驰而去，大黄狗倒在了马路上。

"嘿，得来全不费功夫哩。"春子叫道。

猛然，那黄狗一跃而起，又衔起不远处的骨头，哧溜钻进了校园。我们两人惊愕不已，这狗的命可真大哩。我们紧跟着追进了校园。在那校园墙角，只见黄狗将骨头转交给了那只黑狗后，自己却倏地倒在了地上。我们又拿起砖头去砸，黑狗愤怒地叫了两声，极不情愿地从狗洞跑出了校园。我们走近去看黄狗，已经死了，眼睛也闭上了。而它的头部，是一片鲜红。"肯定是刚才汽车撞的。"我说。我不明白为什么黄狗有这样一股力量，在临死之前，居然还能将骨头衔到了黑狗这里。

黄狗的死，为我们仨带来了丰盛的晚餐。我们高兴地举杯，庆祝着我们不费一枪一弹的胜利。

我们的小厨房再没有丢过肉。

可是，才过几天，大兵气冲冲地跑来说："不得了了，你们快去看，那只黑狗带着四只小狗在校园里游荡哩。"我们猛然醒悟，原来黄狗的付出，不只是为了黑狗，更是为了它的下一代呀。过了一会儿，有学生哭哭啼啼地跑进办公室来找我们："老师，那黑狗在我们手中抢东西吃。"

我们到操场去看，黑狗正盯着孩子们手中的食物，准备伺机而上。这会儿，大兵悄悄去了墙角，捉了只小狗，放进了他的寝室。刚关上门转身，黑狗挡住了他的去路，撕心一样地叫着。大兵想跑，黑狗紧追不舍。我们拿着木棍去帮大兵解围，黑狗却也不甘示弱，倒迎了上来。大兵走到哪儿，黑狗就狂吠着跟到哪儿。没有办法，大兵只有打开了房门。黑狗冲了进去，叼走了那只小狗。

第二天上午第二节课下时，有学生惊慌地跑来："老师，红儿被抢食的黑狗咬了……"红儿是村支书的女儿。

"这还了得？你们仨立即将这狗们灭了。"快五十岁的校长对我们发出了命令。

我们立即拿了木棍去寻黑狗，没有看到。我们来到院墙外。在墙根，居然有个像样的狗窝，黑狗吃着食物，四只小狗吃着黑狗的奶。我想拿木棍去打，被春子叫住："不行，这样是抓不住黑狗的，听我的……"

一会儿，黑狗从狗洞里进入校园，刚伸出头，就被狗洞边的铁丝套紧紧地套住了。这是春子的发明哩。黑狗越是挣扎，铁丝圈就越紧。听到黑狗的叫声，围墙外的小狗们也叫了起来。几分钟后，我们看着黑狗痛苦地死去。死的样子很惨，瞪着两个大眼珠，看着我们。

大兵忙着去围墙外捉小狗，四只小狗全倒在地上，舌头都掉了出来，一摸，刚刚死去。原来，小狗们已经咬舌自尽了。

我们仨都懵了。

"埋了吧。"我轻轻说。

就在墙根处，挖了个小坑，将黑狗连同四只小狗放了进去。我们仨匆匆掩上黄土，一声不响地离开了。

直到现在，我再没有吃过狗肉。在我的脑海里，常常有只黄狗被撞后一跃而起的镜头闪现；在我心里，时时有只黑狗的那对眼珠圆瞪着。

我遇到狗时，我觉得，它们不只是狗。

寻找生命里的黄金

这个故事是县交警大队的一个朋友讲给我听的。

故事的主人公老孙头，听到一则消息后，兴奋不已。其实这则消息和他毫无关系，说的是某市财政局的小车撞死了个老头，赔了 12 万元。但老孙头听了这消息就来劲儿了，他在心里嘀咕：一条老命也值 12 万元，要是俺有一天能碰上这样的运气该多好呀，12 万元，俺一生也挣不来的，能得到就是找到了俺命中的金子哩，能给俺儿孙们添些富贵，他们再不用成天脸朝黄土背朝天地拼命干活儿了。

于是，老孙头格外留意起来，他知道找这命中的金子得向有地位的车主找，比如市委市政府的小车，最差也要碰上个某局某乡镇的机关车，这类小车也好认，车号尾数呀一般是"8"，或者是"001"。老孙头家离公路近，这样，有事没事地，他就在公路上溜达，就是想瞅准机会抓住那十多万元的金子。好多天，老孙头都没见到尾数是"8"或"001"的小车。如果让一般的卡车或拖拉机撞了，大概只有几千元的赔偿吧，那可不行，老孙头想。

机会终于来了，是个夕阳涂满西天的黄昏，老孙头在公路上又开始了搜索，远远地看见一辆小车迎面而来，小车开得快，他正想看清车牌尾数后就地一卧。忽然，从身后蹿出了个人影，就准备撞向小汽车。老孙头心一惊，慌忙地一把拽住了人影，一看，是村里的王大头。小车"嗖——"地疾驰而过，果然是辆尾数是"888"的，当然，车里人根本不知道刚才将要发生什么。

"狗日的王大头，想找死呀！"老孙头喝道。

"老孙伯，俺就是想死呀。"说完，王大头竟然号啕大哭起来。老孙头正后悔刚才失掉了这么一个抓住金子的好机会，听王大头一哭，倒什么想法也没有了。

"啥事哩？"老孙头问。

"家中婆娘拿了家里的4000元存款，昨晚跟白云村李小二跑了，这可叫我怎么活啊……"王大头哭着说。

"哭个球？她想跑就让她跑呗，俺大男子汉还怕找不着个婆娘？走，跟老孙伯喝杯酒去。"老孙头一拉二推，把王大头拉到了自己家中，倒了满满的两碗二锅头，对饮起来。一边喝，老孙头一边劝说着王大头要好好生活。

过了几天，王大头的老婆居然回来了，说李小二还是一脚蹬了她，她也真正想到了王大头的好，王大头欢喜不已，和老婆忙提了酒来谢老孙头。老孙头笑呵呵地接受了。

这样，王大头生活好像安稳了，可老孙头还是想着找那命中的12万元的金子的事。这不，一大清早，老孙头又走上了公路，说是人少，好撞上车。正搜寻着目标，却远远地看见了个包裹，老孙头走近一看，吃了一惊——包裹里是个女婴，里面还有张字条：出生15天，望拾到者好心抚养。老孙头在心里又骂开了："哪个没有天地良心的父母，你只生却不养，真不是人哪。"眼看着一辆又一辆车牌尾号为"8"的小车从身边溜过，老孙头一把抱起了婴儿，立马赶回了家。一回家，老孙头立即叫起老婆、儿子、媳妇起床去打听打听，看是谁丢弃的孩子。但几天了，仍然没有结果。

"那俺就养着她呗。"老孙头传开了话。

"现在呀，老孙头还养着那个小女孩哩，都3岁了。"交警大队的朋友又告诉我。

"那老孙头还上公路寻找命中的黄金吗？"我问。

"常上公路哩，但不再寻找那尾数'8'的小车，倒救了10个想寻死的人，还捡到了六百多元钱，当然交给了我们。如今，老孙头成了我们这一路段的义务协管员哩。"朋友说。

正说着，有线人给我打来电话："大记者，有条好消息，有个姓孙的老头在公路上拾到了黄金，价值十多万元哩，你去采访采访吧……"

"恐怕不只值十多万元呢。"我说完笑了，心里一阵甜蜜。

垃 圾 老 爸

又是一个国庆长假。丁丁一放学就把书包甩到了家中的书桌上。"这下可以轻松七天了。"丁丁大声叫着。丁丁才读四年级，圆圆的脸，圆圆的黑眼珠，很讨人喜欢。

"放假了，作业不能不完成呀。"妈妈从厨房里走出来对丁丁说。

"其实也没什么作业，刘老师说七天的作业就是上交 24 个空啤酒瓶和 30 节废旧干电池。"丁丁说。

第二天，丁丁得随乡下的爷爷到乡下去玩几天。确实，在这座小城呆上一阵子，真想到农村去看看。丁丁也早想着去乡下爷爷家玩了。听说那里到处都好玩，空气也新鲜得了不得，还有，小伙伴也多。

果然，到乡下爷爷家，不到五分钟，就来了明明、刚刚、娟子几个小伙伴。一见面，都分外地熟。一问放假的作业，明明、刚刚和娟子的早就做完了，都是课本上的练习。可丁丁却犯愁了：我要做的作业是交 24 个空啤酒瓶和 30 节废旧干电池。

"这有什么难，我们几个一块给你去寻就好了。一天不行，就两天、三天呗。"明明叫道，一脸轻松的样子。

"好呀，好呀。"大家跳了起来。人多力量大，不用两天，丁丁的"作业"就完成了。竟然有 28 个空啤酒瓶，五十多节废旧干电池哩。一看大家的双手，变得黝黑黝黑的了。

在乡下过长假是快乐的。直到第七天，丁丁才很不情愿地和小伙伴们道别，让爷爷送上了回城的车。

爷爷和丁丁进门的时候，丁丁老爸正仰起脖子在喝啤酒，一个饱嗝随之呛了出来，见了丁丁，说："小子，下乡玩去了，也不管作业，老爸正在替你完成作业呢。"丁丁一愣，只见餐桌下横七竖八地堆了十多个啤酒瓶。这时，丁丁妈妈走了出来，说："丁丁，你爸本来喝不了多少酒的，这回为了让你及时上交24个空啤酒瓶，每天坚持喝两瓶啤酒，把肚子都喝大了呢。"

"那还要交30节废旧干电池，怎么办？"丁丁又问。

"这还好办一点呀，今天去地摊上买30节便宜干电池不就得了？"老爸慢慢地说。

"哈……你们看，"说着，丁丁从爷爷背后拉出了个大袋子，"这就是我要上交的作业，我的作业就要我自己来完成呀。谁让你来替我做？老师说，这就是为了让我们多参加社会实践活动，增强环保意识，培养我们的独立生活能力，可是你们……"丁丁一说，让老爸的酒杯停在了半空。丁丁又说："老爸，我想给你取个名儿。"

"叫啥？"丁丁妈妈有兴趣地追问。

"垃圾老爸——"丁丁大声叫道。

阳光爬满每一天的窗子

秋日的阳光，爬满了窗子，暖烘烘的。

小玮懒得坐起，他来这里住院已经一周了，他的精神如雪崩般塌陷。他无法面对现实——白血病，这是不少电视剧中才看得到的那种病，为什么会降临到我头上，他常常这样问自己。

"小玮，又该化疗了。"王医生走过来，和蔼地对他说。

"我不！我不！"他大声反抗。来人越是和蔼，他便越有一种逆反心理。父母为治疗这病已负债累累。他曾想死，一死了之，但这样做也许父母更痛苦。他常强忍着疼痛，显得十分坚强。"我是初三年级学生了，是半个男子汉了！"他在心里说。

他想初三（3）班的老师和同学，他常常拿出纸和笔，散漫地涂画着他们的名字。他想回到他们中间去。"我不能这样活。"他大声喊叫。纸和笔撒了一地。"我不能这样活，我要读书……"

邻床邻房的病人们不约而同地走到跟前，劝慰他，帮他捡起纸和笔。

又一个阳光爬满窗子的日子，小玮不再喧嚷，因为他收到了一封信："我们都惦记着你，多么希望你回来读书。你要养好病，不要急躁。急躁了，什么事都可能出现。你应该知道怎样面对现实。要冷静、要充满信心地和病魔作斗争！……另外，不要回信，把自己的感受写在日记本上吧。"落款是初三（3）班全体同学。

他的心里升起了一轮朝阳，立即在日记本的扉页上画了个大大的笑脸。是的，要和病魔斗争。他在心里大声说。

每天，秋日阳光爬上窗子的时候，玮便醒了。他期待着，期待着一封信的到来。每天上午九点左右，一封信常常如神灵般地飘到玮的手上。信，成了小玮的兴奋剂。"比化疗效果还好哩，小玮比以前精神多了。"憨厚的玮父笑开了脸。为了小玮，他已背上了一座债山。为了小玮，他宁可牺牲自己的生命。

"你要学会与病魔斗争，你已是一个挺棒的半个男子汉了……"

"我们初三（3）班在校运动会上拿了冠军。王小林、张平的1500米还破了纪录呢……还有吴琴的作文在市里获奖了呢……"

他读着来信，如食兴奋剂一般。"这小个子张平怎么1500米破了纪录呢？他以前跑不过我呢。"他急着说给同房的病友们听。病友们都笑着。左床的是个"骨坏死"的小女孩，右床是个大爷。小女孩只会怔怔地看着他，老大爷却总是笑呵呵的。老大爷像没有什么病哩，成天笑脸，只是脸色有点难看罢了。他常常逗小玮开心，不时地说着笑话。不过每天总会用点时间忙不迭地在一个笔记本上写着点什么，挺神秘的样子。

小玮知道自己的生命还有希望，因为他知道只要找到和自己相同的骨髓，自己的病就会痊愈。两个多月了，每天他透过窗户看着冉冉升起的朝阳，他每天都满怀着生的希望。

"真是天大好消息，小玮，在广州找到了和你相同的骨髓，明天就可以为你移植骨髓了……"王医生说。

"谢谢您。"玮说。他得好好休息，明天上手术台。"上手术台并不可怕，比得上战场吗？这是你又一次生命的开始……"来信上这样说，正像是为玮打气，玮顿时精神万倍。"是的，这就是我又一次生命的开始。"可玮又纳闷了："我也才知道这个消息，咋班上同学也知道了呢？还有，这寄来的好多信没贴邮票，就算是同学送来的吧，为什么不进我病房呢？还有，这来信字迹是谁的呢，是王小林的？不像，是吴琴的？也不是……"

手术很顺利，三个多小时就完成了，玮没有丝毫的畏惧，更没有流出一滴眼泪。玮苏醒过来的时候，已经是第二天。他睁开眼，发觉病房里少了点什么，因为他没有听见右床大爷那爽朗的笑声。

"大爷。"小玮喊。

"大爷走了。"玮父过来说，并递过一封信，"这是大爷留给你的。"

小玮：

　　你好！

　　明天你就要上手术台了，你是个坚强的孩子，相信你能挺住。明天过了，你就成了一个崭新的自己。你应该从笔迹上看得出，我就是那个冒充你同学给你写信的人。你刚进病房时很烦恼，我知道你烦恼的原因，你认为自己的病是不治之症，又体谅自己的父母。我从你甩落的笔记本纸上看到了你班上几个同学的名字，于是想着用他们的姓名给你写写信，希望你能挺起人生的脊梁。信中的好多事其实是我胡编的哩。要问我是谁，我是一个军人，上过抗美援朝战场。要问我得啥病住这儿，我也没得什么病，就是骨癌晚期，但我对自己有信心，我坚信我的生命能坚持到你上手术台的那一天。我很庆幸我居然又活了这么长的时间。我走了，去了幸福的天堂……

　　阳光，爬满了窗子。小玮的眼泪涌出来了，一缕阳光正射在眼泪上，亮晶晶的，暖烘烘的。

进我家喝水的叔叔

一进楼梯口，丁丁就看见一个黑衣人拿着钳子刀具在敲打着他家的房门。丁丁还不到七岁，刚上小学一年级。奶奶刚把他从学校接回来，就继续和她的老伙伴们在楼下无休止地拉家常去了，丁丁只好先上楼。

"叔叔，你想要点什么东西呢？"丁丁问。

黑衣人停住了手中的动作，看见是个小孩，忙说："叔叔口渴了，想喝点水。"

"我手里有钥匙，我来替你开门吧。"丁丁高兴起来了。这是做好事呢，老师明天肯定会奖我大红花。丁丁想。

丁丁开了门，忙着去倒水。黑衣人看了看家里的陈设，大彩电、冰箱、空调一应俱全，心里一阵窃喜。

"叔叔，喝水。"丁丁说。黑衣人接过丁丁递过的一杯水，忙问："告诉叔叔，你家中还有些什么人呀？"

"有我，我爸我妈，还有奶奶。"丁丁说。黑衣人心里一惊。"不过，现在家里只有奶奶和我。我妈早就不在家里了，她不要我爸了，因为我爸被关进了铁丝网里。"丁丁又说。

"哪里的铁丝网？"黑衣人问。

"好高好高的铁丝网，还有拿枪的叔叔看着他，不让他出来。"

"你爸爸为什么关了进去？"

"听奶奶说是因为他不听话，我又听隔壁的小玉姐说我爸是偷了人家的东西。

不过，他只关三年，只差一个月他就可以回家了。到时候，我就有爸爸了，有了爸爸，我也就有妈妈了。"丁丁高兴地叫了，不停地跳着。黑衣人怔住了。丁丁两只眼睛对着他忽闪忽闪地眨着，突然问道："叔叔，你家有小弟弟吗？"

"有……有。"黑衣人语无伦次地说。"我家里还有两个比你小的弟弟……我就要回去了。"

黑衣人慌忙地走出了门。丁丁又赶了出来："叔叔，你的东西。"说着，递给他那把钳子。

才下楼来，黑衣人将钳子重重地扔进了垃圾箱。

第二天早上，奶奶送丁丁上学，路过街角拐弯处，发现多了个自行车修理的小摊。丁丁指着摊主告诉奶奶："奶奶，这个补车胎的叔叔昨天到我们家喝过水呢。"

娘的宝贝

那是个星期天，我想着和老婆娟子、儿子小丁一起到西门公园去玩。这小县城也没有什么好的去处。去西门公园，这是上个星期就说好了的。一大早，娟子就开始张罗了，说得带点吃的喝的，不然那儿的东西那么贵怎么能行，还说得带个垫子去，不然坐的地方脏死了。正准备出发，我的电话响了。

电话是乡下的妹妹王红打来的，王红的语气有些急："哥，你快回老家来吧，我刚听人说咱娘又病了。"王红说完就挂了电话。我忙着和娟子、小丁说："今天就不去玩了吧，我妈病了，要回乡下去，丁丁，要不我们一起去看看奶奶？"听了这话，小丁蹦了起来，叫道："好哩，我可以看奶奶了呢，奶奶那儿有件宝贝哩。"娟子有些不高兴，我就想问个清楚，娟子说："上半年不是回了一次老家吗，村子里的人都说你娘有件宝贝，说是用个古色古香的木盒子装着。我就看过那木盒子，我让小丁去拿下来看看，倒让你娘给训了一顿，什么宝贝？连自己孙子也不给看。"小丁不管，大声叫道："你们快走吧，不要吵了。"我们便不再争了，和小丁一起叫了辆出租车出发了。

其实县城离老家白水村只不过五六十里地，叫个车不用一个小时就到了。但我回老家的次数并不多。我觉得自己真是有点忙，好像天天都有事，每天都在忙。上次回家的时间大概是上半年三月份，眼下进入了九月了呢。我的老家其实也就娘一个人，父亲十多年前就去世了。好几次我说让娘到自己家中去住，可娘总说年纪大了，不大习惯。好在我娘的生活还能自理，再说，妹妹王红就嫁在邻村，多多少少有些照应。至于生活费，我当然是每年提前就给了的。这一点，让我还是感到心安的。

　　我们一家人回到老家的时候，妹妹王红早就到了。隔壁李大爷小声地埋怨着我们兄妹："你看你们，一个吃着公家饭，一个就在邻村，咋不多用点时间来看看你娘？"王红一把扯过我说："哥，娘的高血压和心脏病又犯了，一骨碌倒在了地上，这次要不是李大爷看见后扶了起来，我们怕是见不着娘了。刚才村里医生来过，用了点药，说还是得到大医院去查一查，用些药，不然，这病会随时随地发作的。"

　　我于是对李大爷连声说着感谢的话，又忙着和王红准备着将娘送到县人民医院去。娘还不能说话，知道一双儿女回来了，不停地点着头。一会儿，东西收拾好了，还是那辆出租车送去。临上车，我的娘用手指了指床头，我一看，是个木盒子，我想起早上娟子说的话，心想娘是想着带上她的这宝贝吧？就拿过盒子，用枕巾包了一包，递给了娘。娘这才上了车。

　　进了人民医院，挂号，住院，一切都还顺利。姓刘的主治医生说："幸亏你们送来得及时，不然，你娘真的有生命危险了。老年人患有高血压和心脏病，可能随时与你们说再见，你们要重视啊。"住院用了三天的药，娘的病情这才好了些。在病房外的走廊，王红就问我："哥，你猜娘的木盒子里真的会是一件宝贝吗？"

　　"我不知道。也许是吧，我听娟子和小丁说的。"我说。

　　"我想应该是件宝贝吧。"王红说，"村子里的人说，娘在三年前就有了这个宝贝，听说是娘在村东头庙台下开荒时得到的一个宝贝，有人看见的，后来娘就用她最珍贵的针线木盒子给装了起来。"

　　"去年家里闹贼就是这回事吧。"我又说。

　　"肯定是啊。但是娘天天将木盒抱着在睡觉哩。"王红说，"你猜会是个什么宝贝？"

　　"大概是个什么古董吧。"我猜。

　　"过两天娘就出院的，我和你问问她吧。"王红说。

　　两天后，娘要出院了。还买了些药一并带回去。到了家，来看望的人们都走了。王红问起了娘："娘，您那木盒子里真是个宝贝吧。"娘的精神好多了，但话到嘴边又缩了进去。我就又问了一遍，说有宝贝让儿子替您保管吧，对您也安全些。娘这才拿过盒子，盒子咚咚地响。真是宝贝哩，我们二人想。娘慢慢地打开盒子，是些奇形怪状的小石子。

我们兄妹同时惊讶地说："这哪是什么宝贝啊，娘？"

娘顿了一下，轻轻地说："这才真是娘的宝贝哩。你们看，这石子有大有小，再数一下看，大的有 5 颗，小的有 11 颗，这就是说，这三年来，林子来看了我 5 次，红子来看了我 11 次。人的年纪大了，什么事都恋着自己的孩子，总想着你们能来多多看看娘，娘把你们每一次来看得多金贵，这真是娘的宝贝啊，什么时候娘走了，就让娘把这宝贝也带走吧……"

娘的话还没有说完，我和妹妹早已哭成了泪人儿一般。

拨错一个号码

女人很年轻，刚刚结婚，有心爱的爱人。夫妻二人很是幸福。有些不大好的是，年轻的女人和年轻的男人两地分居，分开在相邻的两个小城，一个月也只能见上三四次面。不过有了手机，就方便多了，随时随地可以发个消息，问候问候，这样消除了不少寂寞和相思之苦。

女人很喜欢给男人发消息，一天有时高达几十条，说这才是真正的情感交流。相思在手指上流淌，这是多么惬意的事啊。这天晚上 10 点多，女人下班了，想着给男人发条消息，几秒钟就编辑好了：亲爱的林，你睡觉了吗？记得盖好被子啊。想你的琴。于是就发了过去。偏偏，女人按键时手快了一点，将男人的号码的末位 9 按成了 6。当然，女人立马将消息正确地发给了男人。不一会儿，收到男人回复的消息的同时，电话也同时响了起来。女人一看号码，是个陌生人的，不过也不算是陌生，就是刚才发错消息的那号码。女人想了想，觉得还是不接好一点，毕竟这个社会让女人上当的时候太多了。一会儿又打来，女人又摁断了。10 分钟后又打来了，女人干脆关掉了手机，安心地上床睡觉了。

第二天清早，女人才打开手机，短消息就进来了，有 10 多条，全是那末位数是 6 的手机发过来的。女人看了几条，那消息有什么"千里缘分一线牵"，"相信你我会是最好的朋友"，"我感觉你一定是个非常不错的女孩子"等等。看过了，女人就删去了。女人有自己最爱的男人哪。上午上班的时候，手机又响了，还是那个号码。女人怕影响人家上班，也想知道对方到底是个什么样的人物，于是就接通了电话。电话那头，是个男人的声音："真的对不起，打扰你了。"很是文质彬彬。

"没什么啊，倒是我先打扰你的。"女人也很客气地说。

"其实也没什么的，就是随便聊聊也好啊。"男人说，"你是琴吧，你有一个心爱的人叫林，我也叫林哩。"

"对不起，我在上班。"女人拒绝说。说完挂了电话。

晚上刚下班，女人手机的短消息就来了。还是那个号码：你的声音好甜哪，比杨钰莹还甜。女人想了想，还是回了条消息：我很丑，没有什么好让你欣赏的。对方马上就回过来消息：说自己丑的女人一定是个漂亮的女人，你一定很漂亮！

女人觉得这男人还真有点意思了。谁都知道最丑的女人都希望别人说她漂亮的。男人再发来消息时，女人就偶尔地回上一条。不过她是不接男人的电话的。

这样过了一个星期，这天，女人正在上班，手机又收到一条消息，女人一看，是个真正的陌生号码。消息只有几个字：你是谁？

女人想，这会是谁呢？就不去理会了。一会儿，电话响了，就是刚才发消息的那号码。女人想了想，还是接了电话。出人意料的是，电话里头是个女人的声音："我叫大珍，你是琴吧，我想和你出来坐一坐。""为什么啊？"女人问。

"为什么？你的心中真的没有数吗？"叫大珍的女人反问，"你说说，你和我家的林来往有多长时间了？他给了你多少钱了？"

"什么你家的林哪，我真的不知道。"女人说，一头雾水。

"我问你，为什么我家的林在一个晚上10点多了还能给你打三个电话？"大珍问。

女人这才想起那短消息的事，忙说："哦，那是我发个消息发错了。"

"为什么没有人发错短消息给我啊？"

"那只能你去问你的林好了，我说不清楚了。"女人说。

叫大珍的女人顿了一下，又说："我其实在电信局找人查过你的这个号码，我知道你是谁。你就说了吧，你和他交往了多长时间？我也并不计较的。"

"我没什么好说的。"女人说完就挂了电话。一会儿，女人收到了大珍发过来的消息：为了得到林，我要和你竞争！

女人想，这真是无聊了，摁错一个号码的短信，居然闹出这样的故事来。女人越想越生气，于是给那个叫大珍的发了条消息：我在一个月前就和林好了，他已给了我三万多元钱了，我们还准备生一个小孩呢。

发完消息，女人扔掉了这张电话卡，换了一张电话卡，又给另一座城的男人发了消息：这是我的新号码。我很想你！女人飞快地摁着手机键，信息发了出去，女人发觉，那个末位数 9 又错发成了 8。

女人心里一惊，我的天哪，该不会又有什么故事吧？

沉重的窗户纸

初冬的凉意刚刚爬上人的脸，人们却早早地换上了冬装。不只是人，就是办公室的玻璃窗，也像怕冷似的糊上了一层纸——或是一张平常的晚报，或是一张漂亮的明星海报，反正十来平方米的办公室被糊了个严严实实。有领导到各办公室去调查原因，职工们都说天太冷了，糊层纸会热乎些，要不领导您给我们都装台空调呀。安装空调是不可能的，单位有那么多个办公室，甭说买空调，就是有了空调，使用时耗电也是不小的开支哩，领导只好不再说什么。

其实，给办公室糊上一层纸，并不真是为了身体上的暖和，人们是为了心理上的暖和。——可以做点属于自己的私事，比如随意地聊天，比如看小说，比如织毛衣，比如嗑瓜子……

偏偏，有一个办公室的窗玻璃没有糊上报纸，这办公室里边就两人，大刘和小芳。大刘是个三十多岁的大男人，小芳是个二十多岁的姑娘。大刘结婚快一年了，小芳去年结了婚。两人都只是小科员，两人面对面坐着，守着这办公室快两年了。面对其他办公室糊上报纸的巨大变化，他俩像没看见似的。一上班各做着各自的事。其实上班的事儿也并不多，每天一做完那丁点事后，大刘和小芳便开始天南海北地聊起来，自由自在，直到下班的时候。

但就有一天，小芳来上班时，发现靠大刘一边的窗户给让一张晚报糊住了。上班时，大刘便带了本厚厚的武侠小说，聚精会神地看起来。小芳一想，是呀，大刘可以看武侠小说，我怎么不能做点其他什么事呢，说给老公织件毛衣的，在家里织了快一年都没有织好，这下不就有织毛衣的时间了？小芳拿过一张前天买的"超级女生"海报，立马将窗户糊了个密不透风，心想，明天就可以将没有织完的毛衣带来了。窗户给糊严实了，大刘安心地看着武侠小说，小芳静静地织着毛衣。这几天，风有时真还是有点猛。咣当一声，将大刘和小芳的办公室门给关上了。大刘看武侠入迷，小芳织毛衣正带劲儿，都懒得去管。谁知，一会儿传来了敲门声，两人眼神交流了一分钟，还是大刘起身打开了门。敲门的是隔壁办公室大张，他是来送份通知的。大刘开门的刹那，大张迅速丢下了通知，口里说着"对不起"，慌忙地离开了。

"咋了，你脸怎么涨得有点红。"小芳问大刘。大刘没有回答，拿了本书，挡在了门口，以免门又被风给关上。

下班的时候，大刘、小芳在前边走，后边同事中不知是谁叫道："有个人真幸福啊，回家中幸福，上班时也幸福。"紧接着是一阵怪怪的大笑声。

第二天，小芳正准备开始织毛衣时，看见了窗户玻璃露出了条长长的缝隙。她便拿出胶水给糊上了。

第三天，窗户上露出的空间更大了。小芳开始疑心办公室是不是有爱吃胶水、爱啃报纸的老鼠，或者有外人进了这办公室。她忙用胶水粘上后，又用透明胶再粘，这下更牢固了。小芳做这事的时候，大刘也就站在旁边，可他像没看见似的。小芳觉得不知怎么，大刘这几天话语是少多了，和他聊天也很不自在的样子。第四天，大刘当着小芳的面取下了那张糊玻璃的晚报。快下班的时候，小芳也像明白了点什么，取下了那张"超级女生"。下班的路上，又传出了几句议论声。

"瞧，人家撕下窗户纸了吧，看你们还说什么？"

"我们哪，是借糊严实了窗户才热乎点，人家靠的是一颗心在取暖哩……"

又上班的时候，大刘在办公室，小芳就不进来，到隔壁办公室去坐一坐；小芳在办公室时，大刘也就出去走走，有一天竟借故上了十多次卫生间。

过了几天，有人看见大刘进了领导办公室，说要求换个办公室。领导说，"小芳昨天也说要求换个办公室，你们俩闹矛盾了，是不？难怪前几天我看到就只有你们办公室没糊上窗户纸，唉呀，你们就是不会处理同事间的关系……"

不要接打陌生电话

阳光很温柔。几束光线从窗帘的间隙探进房间，整个房间也温柔了起来。

是个周末的上午，男人和女人还没有起床。女人侧着身子，看着梳妆台上的化妆品，心想，今天得好好打扮打扮了。男人搂着女人，似搂非搂的样子，目光似乎落在自己放在床头柜边的手机上。

"哎，亲爱的，我告诉你呀，不要接打陌生的电话。"男人一本正经地说。

"我比你傻呀？"女人反问了一句，又说，"我看过《不要和陌生人说话》这个电视剧的。"

"陌生的电话你一接，很多都是地下六合彩在联系你买彩票。六合彩呀，是个害人的东西。"男人说。

"还有的陌生电话，你即便没接，但你一拨回去，就会说：您好，您已订制了我们的特别服务。每个月让你额外地花上几十元钱。"男人又说。

"恐怕还有一种，"女人转过身，面向着男人说，"属于诈骗的，对方会在电话里说，你的弟弟或者妹妹在上班或路途中出了点意外，让你汇款 5000 元到指定的账号……"

"对，对，有这样的。还有一种呢。"男人顿了顿。

"什么呀？"女人像有点急。

"那就是迷你声讯台的小姐打过来的呀，"男人像来了精神一般，"那声音软绵绵的，娇滴滴的，怪诱人的哟。"

女人柳眉竖了起来："你是不是拨打过？"

"没有呀，真的没有，我听人说的。"男人大声辩驳。

男人和女人争吵了起来。阳光似乎强烈了一些，直射进房间，让人感觉有些刺眼。

"今夜你回不回家……"男人的手机不失时机地响了起来。

男人跳下床，一把抢过手机，对女人说："看，这就是个陌生号码，熟悉的号码都用姓名存在电话簿里，这是不用接的。"说着，摁断了来电。

"起床吧，亲爱的老婆。"男人在女人的额头亲了一下，就急着往卫生间跑。

男人回拨了那个电话，听筒里传出一个女人的声音："怎么，老婆知道了吧？"

"没，我说你的是个陌生号码哩。"男人压低了声音。

"啊？你没把我的号码存入电话簿。"电话里，女人有点生气了。

"我把你的号码存在心里了，还不行吗？"

"这还差不多，今天去城郊新开发的怡人风景区玩吧……"

走出卫生间回到房间的刹那，男人看到了女人正在接打电话。

"这是个陌生的号码，我没接。"女人说。

拉开窗帘，阳光肆无忌惮地射了进来，从强烈的光线里，隐约可见一些尘粒，在自由地舞蹈。

咱们离婚吧

"咱们离婚吧。"刚吃完晚饭，男人说，很平静地。

女人没有吱声。

"咱们离婚吧。"男人又说，声音提高了一些。

女人怔住了，忽然，号啕大哭起来。

哈哈——男人大笑起来，说，"傻东西，我说着逗你玩的。"

女人仍只是哭，男人慌忙捧过女人布满泪痕的脸，用手替她擦拭着眼泪。好一会儿，女人才止住哭。男人长长地吁了一口气。

像一块石头投进了湖里，泛起了圈圈涟漪。夜很深了，女人侧过身子，背对着男人躺在床上。她睡不着。

我真的只是逗你玩的。男人抚着女人的肩，轻轻地说。

女人不说话，眼里又有两颗泪溢了出来。他没来由干嘛说出这句话呀，女人心里想。

女人觉得自己真是太傻了，怎么不多观察点男人呢？她听人说过，检查男人呀，无外乎三样硬件：手机、衣物，还有就是按时回家"交作业"。当然，每月的薪水除留点零用钱外，得全额上缴家庭国库。

女人变得细心起来。

第一次检查手机短信时就大有收获。在男人的手机里居然保存着这样一条短信：你是我的心，你是我的肝，你是我生命的四分之三；你是我的肺，你是我的胃，你是我心中的红玫瑰。

男人一下班，女人就虎着脸立在门口：说，谁是你生命的四分之三，谁是你心中的红玫瑰？

男人一下子懵了。但一想一定是说那短信息了。"你是说那条短消息吧，我同事小刘转发给我的，觉得有意思，就保存了下来。"男人说。

第二天，女人回拨了小刘的电话，是个男人的声音。女人慌忙挂了电话。

又一次检查，女人发现男人口袋里有几片"清嘴"含片，便对男人说，"怎么还吃这东西，吃了'清嘴'好和哪个狐狸精亲嘴吧？"

男人一怔，皱了皱眉头。

夜晚，温馨的灯光照得房间极具情调。女人一把拉过男人。

男人却抱着一床被子，睡到了客厅沙发上。

女人跟了出来，拿着男人的白衬衫。

"为啥白衬衫上有个鲜红的唇印？"女人追问，男人这才想起昨晚同事聚餐时酒喝多了，同事们在他的白衬衫上开了个玩笑。

"是同事们开玩笑。"男人说。

"开玩笑？那么多男人为啥没有人开玩笑？我看是你在和我开玩笑。"女人说。

男人用被子蒙住了头。

"咱们离婚吧。"女人说。男人把头蒙得更紧。他心里犯了疑，怎么女人像审汉奸似的对我？怕不是贼喊捉贼吧。

女人真是爱打扮了，几乎每周都得买新衣物。这是男人最早的发现，买衣物得用钱呀，她怎么会有那多的钱呢？

男人又发现，女人的口红涂得更红，像涂了层人血一般。这会是和谁去约会呢？男人想。

居然，男人在女人的坤包里发现了一只高级打火机。

"我买了正准备送给你的呀，给你一个意外惊喜。"女人解释。男人感觉她的脸上有不自在的神色。

"咱们离婚吧。"男人说。女人也说。

男人拿着红色的结婚证，女人拿着红色的结婚证，一起走出了家门。

"多好的一对儿呀。"邻居看见男人和女人，说。

黄克庭，男，中国作家协会会员，乌市作家协会副主席，冰心儿童图书奖获得者。出版有作品集《白开水》《放松作品》《梦幻时代》《在马路上奔跑的鸡蛋》等，多篇小说曾被《北京文学》《微型小说选刊》《小小说选刊》等100多家报刊转载，并收入《中国新文学大系·微型小说卷》《微型小说鉴赏辞典》《新中国六十年文学大系》《中国当代小小说大系》《感动中学生的100篇微型小说》《阅读版语文》《初中语文新阅读》《微型小说新世界》《世界华文微型小说精选（中英文对照版）》等多种选本；多篇作品进入中学生语文考卷。入列"新世纪小小说风云人物榜·新36星座"。

黄克庭卷

耍　猴

在评选先进工作者会上。

沙僧说："我反对师傅说的以举手表决方式评先进的办法，我们毕竟同甘共苦了十多年，得罪任何一位都是不好的！还是无记名投票的方式好……"

白龙马说："为公正客观起见，我赞成无记名投票的方式！"

悟空说："师傅帮我们脱离罪恶，成了正果，取经先进工作者非师傅莫属……"

唐僧说："贫僧无意什么功名。按取经路上的功劳，先进绝非贫僧该当的，还是由你们定夺吧。"

八戒说："我已做好了投票箱，要公正的话，大家还是无记名投票吧！"

沙僧、白龙马立即附言赞同。

少数服从多数。

检票的结果是，唐僧一票（悟空投的），悟空一票（唐僧投的），白龙马三票，八戒、沙僧皆零票。于是，白龙马被评为取经先进工作者。

会后，沙僧兴奋地对八戒说："往后，我俩有马可骑也！"

八戒得意忘形地说："比骑马更有趣的是耍猴！我俩虽无七十二般变化，但是一旦拍了马屁以后，耍耍猴子还是绰绰有余的！"

拷 贝 记 忆

当代最杰出的信息传导学家艾哼交伽教授于猴年马月狗日又创造了一大奇迹：全球所有电视台皆实况转播他的人体记忆复制实验。使全球电视台都同时关注同一事件，这是新闻史上前所未有的奇迹。

该实验安排在红楼神堡的太虚宫第889实验厅举行，实验对象是两名通过全球公开招聘而遴选出来的志愿者……沙烂小姐与伯利先生。据传媒报道，沙烂小姐是艾哼交伽教授的得意门生、忠实信徒，如今是红楼神堡想入非非部研究生。有意思的是，伯利先生却是人体记忆复制实验的头号反对派。伯利先生是支支吾吾大学的哲学系教授，他的观点是，拷贝记忆严重违反了自然规律，用人为的办法简捷地获取（转移）知识是贬低知识的价值，是一种亵渎知识的行径。他之所以强烈要求参加人体记忆复制实验，是因为他想利用艾哼交伽教授的研究成果广泛地传播他的思想。伯利先生的如意算盘是，如果记忆复制实验果然成功，那么他的思想观点将刻录到艾哼交伽教授的忠实信徒沙烂小姐的大脑里，这样的话，岂不是对艾哼交伽教授的研究成果最大、最好的讽刺？而艾哼交伽教授则认为，让头号反对派接受他的实验，此事件本身就是一个"巨大"的成果。

该实验定于上午9时整举行。

现在时间是上午8时32分。电视画面上一派忙碌的景象。穿着大红衣服的沙烂小姐与伯利先生分别接受众多电视记者的全方位提问。

8时50分，沙烂小姐与伯利先生皆终止记者采访，静静地坐着，等待庄严时刻的到来。

8时55分，电视画面忽然静音，只见沙烂小姐与伯利先生一齐被身穿白大褂的人安置到记忆复制器前面的手术台上。两人的脑袋都被一只硕大的蓝色头盔罩住，几根传输线连接着头盔与记忆复制器。在艾哼交伽教授的两名助手的操作下，记忆复制器上立时显现出沙烂小姐与伯利先生的心电图与脑电波。全身漆黑装束的艾哼交伽教授，眯着一双细眼，冷冷地坐在电脑前，静静地观察着两名实验志愿者的心电图与脑电波。

9时整，倒计时器发出响亮的"嘟……"声，艾哼交伽教授立即果断地按了一下实验开始按钮。顿时，电视机前的几十亿双眼睛便被沙烂小姐与伯利先生的脑电波所吸引。

谁也预料不到，九九八十一个小时后，迷人的实验变得索然无味才宣告停止。艾哼交伽教授惊惶地告诉大家：真没想到人的大脑记忆库容量会这么大，用最宽带的超高速传导设备，花了八十一个小时后，记忆复制还不到1.3%！

然而，让艾哼交伽教授更想不到的是，沙烂小姐与伯利先生的记忆库发生了严重的"乱码"、"串音"现象，他俩竟不知自己到底是谁了，不但没有显示"两倍智慧"，反而变成"一对白痴"了。

痛定思痛。经过全球信息传导机构888名专家会诊后得出，只有在一方记忆"空白"的情况下，才能进行记忆复制，否则"乱码"、"串音"现象就不可避免。

迷人的课题，终于碰上了恼人的问题。记忆不能叠加，智能就无法转录，拷贝记忆立时失去了炫目的光环。艾哼交伽教授承受不住这"毁灭性"的打击，竟患上了"史提森巴罗布综合征"。

此病是典型的心理障碍症，患上此病的人像瘟神一样吓人，必挖空心思、绞尽脑汁地搜集和散布别人的隐私，令人作呕与恐怖。

正当沙烂小姐因接受记忆复制实验而变成白痴后的第一千零八天，艾哼交伽教授的高足马烦特先生（沙烂小姐的同学、情夫）绑架了艾哼交伽教授，并恶作剧地进行了"黑猩猩与艾哼交伽"的记忆复制实验！

于是，一项震惊世界的科研成果轰然面世……记忆复制异常成功：黑猩猩竟然开口说人话，艾哼交伽教授竟然像黑猩猩一样善于奔走、爬行、攀缘！研究表明，原来，记忆"不同类"便不会发生"乱码"、"串音"现象，还可进行记忆移植了。

　　谁也没有想到，让世人津津乐道与着迷的……并不是记忆复制这项划时代的科研成果，而是黑猩猩成了一只专门散布艾哼交伽教授隐私的尤物（可能是"史提森巴罗布综合征"的病毒使然）。

　　若不是黑猩猩开口说话，谁也不会相信艾哼交伽教授竟是一名诱奸了九百八十七名女学生的色狼，沙烂小姐仅仅是其中的一名受害者。更令世人惊讶的是，艾哼交伽教授还是一名杀人犯，他为了将记忆复制成果窃为己有，将真正的发明人（他的学生）白枯橹毒死。

　　如今，黑猩猩因大炒特炒艾哼交伽教授的隐私而成为富甲一方的大财主，包下"二奶"十八人；艾哼交伽教授则被关进动物园作为"科研活标本"而供人观赏。马烦特先生因恐遭人暗算，步艾哼交伽教授的后尘而毁坏了记忆复制器。

考 古 学 家

　　没有人知道他是哪国人，没有人知道他到底活了多少岁，没有人知道他姓甚名谁，没有人知道他到底翻过了多少座山、蹚过了多少条河，没有人知道他到底跨越过多少个国家。人们只知道他是一位考古学家，只知道他是一位"没能取得惊世的成果便不肯死去"的敬业家。

　　那天，他终于走出广袤的古原，走进二十世纪的中叶。当他惊喜地发现一段现代人铺就的水泥公路时，他那失望了不知多少年而又始终不肯绝望的苍老的眼睛顿时显露出异常的光芒。他反复考察了水泥公路的化学成分，终于肯定地得出它属于火山爆发时喷出的岩浆类物质。于是，他拼命寻找喷发这"岩浆"的"火山口"。然而，不管他如何努力，始终找不着"附近"的"火山口"。他惊叹：这实在太神奇了！这些火山喷发时才能出现的岩浆到底从哪里来的呢？他苦苦思索着。

　　突然，他又有重大的发现：水泥公路上有一只完整的，深度达 1.23 厘米的"人类"的脚印。于是他立刻运转起他那尽管已经老化、却依然想象丰富的职业脑子。他的眼前慢慢地浮现出一幅幅生动的画面来。一座火山熊熊喷发，伴着震耳欲聋的声响，从火山口喷出的巨大气柱直冲云霄。火山灰将整个天空笼罩得一片昏暗。忽然，一股岩浆如脱缰的野马从火山口倾注而下，惊恐万状的一群古人四处奔跑。一位慌不择路的古人，一脚踩进了滚烫的岩浆里……

　　然而，他又很快否认了自己的猜想。因为他知道，没有凝固前的岩浆是很烫脚的。而留在水泥公路上的脚印显然是"悠闲"而又"沉稳"的。在那逃命的时刻，古人不可能那么"潇洒"！从"悠闲"、"沉稳"上看，这脚印应该是在"完全不烫脚"的时候踩出来的。然而"完全不烫脚"的时候，岩浆却是早已凝固的了。在凝固的岩浆里要踩出深度达 1.23 厘米的脚印，这个古人该有多重呀？

计算古人的体重，对于这位考古学家来说并非难事。经过他三天四夜的繁复的计算，他终于得出了一个令他自己震惊的答案，即古人的体重至少在两万公斤以上！

面对如此重大的发现，他兴奋的脑子忽又沉静下来。他认真地、反复地审查了每一个计算步骤。当他坚信，他的计算步骤和计算结果都是不容置疑的时候，他那一向沉静的脑子立刻高度兴奋起来。地球上曾有过体重达两万公斤的"人类"，这无疑是一个"惊世发现"。

他终于写出了一部《地球上曾有过恐龙型巨人》的考古专著。由于"巨大成功"的冲击，他那经历了几个世纪的苍老的顽固的脑子终于发生了脑溢血。

当人们发现他的遗体时，都惊奇地发现，他的面容是那样的安详和满足。

许多许多年后，他被尊为"考古祖师"。

有支钢笔丢不了

记得 11 岁那年，上小学五年级的我还未能用上钢笔。

那时，全班没有钢笔的只有两个人了。除了我以外，另外那个就是我的同桌，绰号叫"小地主"。他曾有过钢笔，是他自己弄丢了。

那年暑假，我捡了一大堆桃核，细心地将每个桃核敲碎，取出里面的核仁儿，晒干后，两分钱一斤卖给一位土医生，换回了 11 个 1 分硬币，准备买钢笔。我坚信，我能靠自己的劳动买上一支钢笔。

11 个硬币数来数去数了两天后只剩下 10 个，我心痛了许多天。后来，我到代销店里，费了许多口舌后用 10 个硬币换回一张 1 角的纸币。

我的同桌"小地主"家也并不富有。人家叫他"小地主"，原因是他常讨人嫌，令人厌。那天，与人追跑时，他一脚踩扁了班里"老童生"的一个乒乓球。

"老童生" 3 年内留过两级，个子高，资格老，爸爸又是大队（村）干部，班里谁都怕他。

尽管乒乓球只是 5 分钱一个，然而"小地主"却赔不起，结果一连三天挨"老童生"的耳光。

第四天，"老童生"对"小地主"说："再不赔，一天打三顿！打了还要加倍赔！"

然而，一个星期过去，"小地主"还是没有赔还乒乓球。

我实在不忍心看下去，可又不敢为他撑腰。左思右想，翻来覆去，最终我作出了一个了不起的决定，用卖桃仁的 1 角钱买来两个乒乓球，替"小地主"还了债。

"小地主"对我很感激，我第一次看到他流下了眼泪。他对我说："我会还钱的！"

一天夜里，朦胧的月光下，"小地主"塞给我一张钞票，说："今天我家里的猪卖了，爸爸给了我1角钱。"

回到家里，独自躲在昏暗的煤油灯光下，面对纸币，我惊呆了。

我手里拿着的明明是1元钱！

1元钱，是我从未拥有过的天文数字。我反复回忆"小地主"还钱时的场面，心里一直在嘀咕：是"小地主"花了眼了吗？"小地主"的爸爸也花了眼么？

第二天，我怕见"小地主"，装肚子痛没去上学。

中午时分，"小地主"跑到家里来看我，问我为什么没有去上学。我见他丝毫没有取钱的意思，悬着的心渐渐放了下来。

一个月后，我用"小地主"还回的1元钱，买来了我平生第一支钢笔。

每当我用这支来历极不光彩的钢笔写字时，我总是深深地感到愧对"小地主"，尽管"小地主"一再声明我是他最最要好的朋友。

那年我20岁，大学毕业了。我平生第一次领到工资时，第一件事就是给修了8年地球的"小地主"汇去20元钱，同时给他寄去一封信，向他说明当年还我1元钱的事，并真诚地向他道歉，请求得到他的原谅。当我从邮局出来时，我似乎轻松了许多。

很快，我收到了"小地主"的回信和他寄回的20元钱。信中说，还我1元钱并不是他眼花，那钱也不是他爸给他的，而是他趁爸换衣服的时候偷来的。为此，他还被他爸揍了一顿，并罚跪了一夜。爸问他钱哪儿去了，他说是买饼吃了。信尾，他还是重申，我是他最最要好的唯一的朋友。

朋友，多么神圣而亲切的字眼！然而它又让我羞愧和不安。

三十多年过去了，我买过许多支钢笔，也遗失了许多支钢笔，然而，一直没有遗失的是我的第一支钢笔。我将永远爱惜它，珍藏它！

鱼 与 佛

士俗先生到弘尘潭钓鱼。不到五分钟便钓上来一尾大鲤鱼。

水下的鱼群忽地发现少了一尾鲤鱼，便不安起来。许多鱼儿都清楚地记得，鲤鱼失踪前是往水上面去的。鲤鱼会去哪儿呢？鱼儿们议论纷纷。

忽有一只曾跃出水面、见多识广的青鱼说，"鲤鱼说不定是成仙了，它可能早已升到天堂里去了！"

经它这么一说，许多鱼儿便想起鲤鱼的许多奇特的东西来。有的说，鲤鱼的二十七代祖宗曾跳过龙门，所以其祖上根基很深，成仙是必然的事；有的说，鲤鱼的名字取得好，"里"字里面不是藏着一个"王"字吗？它不升天，也必定要称王的；有的说，鲤鱼的相貌也与众不同，不但嘴上有两根胡须，而且连尾巴都是彩霞色的！

鲫鱼不声不响地认真回忆鲤鱼失踪前的每一个细节，它终于发现，鲤鱼是吃下一个"钩形"的"仙丹"后立地成佛升天的。当它发现士俗又将诱饵放下水时，它就不声不响地悄悄游过去，一口将"仙丹"咬住。

士俗发现鱼儿又咬钩了，连忙将鱼线扯起。由于士俗用力太过，鲫鱼被拉出水面后，嘴唇被扯破而逃生了。鲫鱼跑回水里后，惊恐地警告同类：以后见到"钩形"的东西千万别贪嘴。

谁知，鲢鱼说，"像你这样尖嘴猴腮的，尾巴上没一点血色，也想成仙成佛？"

鳗鱼说，"生就一副贱骨，即使吃上再多的仙丹也是没用的！"

　　鲢鱼扯了扯鲫鱼的破嘴唇后说，"有运气还不够，狗头不载肉，有缘无福，只能怪你自己命薄了！"

　　鲫鱼回到家，对子女说，"以后见到'钩形'的东西千万别贪嘴——那东西进口后就会钻心地疼痛！"

　　鲫鱼的儿子说，"不吃苦中苦，怎成人上人？基督耶稣不是被钉在十字架上的吗？你呀，有机遇抓不住，原因就是怕痛，怕苦，怕付出！古人不是说，天将降大任于斯人也，必先苦其心志，劳其筋骨，饿其体肤吗？"

　　士俗又一次将诱饵放入水中时，鲢鱼、鳗鱼都不敢轻易去吃，因为它俩取笑过鲫鱼是"贱骨头"、是"有缘无福"的"小人"，它俩生怕自己平时积德不够难以成佛成仙而遭人耻笑。

　　这时，鲈鱼看到"仙丹"降临，便不顾一切地冲上去抢食，但结果它还是迟了一步——原来，上次脱钩的鲫鱼抢先吞下"仙丹"而升天了。

　　对于鲫鱼的"非常举动"，鱼儿们当然又有很多话题了。此时鲢鱼、鳗鱼又有些后悔起来，一是怕成仙的鲫鱼报复，二是怨恨自己患得患失，以致坐失良机，发誓以后再见到"仙丹"就要像鲫鱼那样，绝不口下留情了！

　　士俗见钓上来一尾破嘴的鲫鱼，便禁不住嘲讽鱼儿真笨蛋！

　　会意老人说，世上只要有天堂存在，就会有钓不完的鱼儿。信乎？

溯　源　镜

　　自从人类的遗传基因密码被全部破译以来，基因工程便得到了迅猛的发展，基因修补技术使人类逐渐摆脱了疾病、天灾的困扰，地球人不但越来越健康、长寿和聪明，而且还越来越帅气、漂亮……

　　于是，寻找与发现优质遗传基因成了地球人的重要工作。优质的遗传基因一旦被人发现，马上就会被大量复制，犹如流行服装一样。

　　政府为了鼓励那些发现与提供优质遗传基因的人，特授予他们"优质人"、"人民代表"等荣誉称号和权利。于是，地球人逐渐变得如花似玉、健康聪明。找对象、交友，随便，反正个个都体健、漂亮、可爱；选干部、领导，随便，反正人人都文明、能干、聪明。于是地球人真正享受到了文明的成果：平等、和平、安宁。

　　然而，好景不长。面对同伴们越来越健康、美貌、聪明，一些"优质人"的失落感也越来越大，以致地球上终于出现了"优质人协会"，他们为了找回失去的体面，在花费巨大的人力、物力、智力后，竟发明了一种能显示基因是否被修补过的仪器：溯源镜。任何人只要站在溯源镜面前，就会被测出多少基因是被修补过的，以及被修补的程度如何。于是，地球人原先拥有的平和、安宁生活很快被破坏了。

　　法律规定，根据溯源镜测定的基因被修补的多寡，人类被分成超等、特等、高等、优等、中等、初等、次等、下等、劣等人。鉴定结果被制成一张卡，作为每个人的身份证。未经溯源镜测定之人，就会被法律认定为"危险"、"不可靠"

的非法分子。

优等以上的人被称为"正人君子",初等以下的人被称为"幸运婴儿"。"正人君子"在就业、择偶、交友、提干方面总是比"幸运婴儿"更幸运！想不到,一台人类制造的仪器竟能改变整个人类的生活秩序。

"幸运婴儿"尽管因基因被修补得多而低人一等,但他们的智力、品貌却绝不亚于"正人君子"。于是,溯源镜一再被"幸运婴儿"们伪制。于是,真的溯源镜的功能与精度不断被增加和提高,以致溯源镜能测出被测定者的99代祖宗的基因被修补过的情况了。

然而,科学技术的不断进步,并没有让"正人君子"们越来越高贵,恰恰相反,随着溯源镜的性能和精度的不断提高,令越来越多的"正人君子"沮丧……

当溯源镜能测出被鉴定者的第8888代祖宗的基因时,地球人已找不到一个"正人君子"了,原因是人与猴的第8888代祖宗的基因竟没什么差别。

毕 业 鉴 定

夜深人静，已瘦削了半身血肉的月亮早早地被重重浮云搅扰得奄奄一息了。朦胧中，三条黑影时快时慢、时隐时现地奔向红楼神堡的毕业鉴定中心大楼……

瘦高个捏着微光电筒，用白天"克隆"好的钥匙，敏捷地打开了 E 波毕业鉴定室的大门，顿时三条黑影鱼贯而入。

三人不敢点亮室内电灯，只能凭借微光电筒和白天所侦察到的情况找出 E 波头盔、连接导线，以及调控键盘。

瘦高个叫小平头坐在 E 波毕业鉴定椅上，把 E 波头盔套到小平头的脑袋上，矮胖子敏捷地将连接线逐一插好。瘦高个坐上操作台，按了一下起动钮，尔后，按照电脑显示屏上的提示，输进一串密码，仪器顺利进入正常运行状态。三人顿时舒心地相互点了点头。

瘦高个轻哼了一句："注意！预备，开始！"并按了一下"赖得"键，立时，小平头脑袋上的 E 波头盔环起三圈光亮的闪耀彩带，只见电脑屏幕上的毕业鉴定分数栏上的数字从 0 开始逐渐递增。

当"分数"慢慢地升至"29"时，小平头忽地惨叫了一声——昏过去了！

瘦高个镇静地按了一下"还原"键，五分钟后，小平头恢复神智，羞愧地叹道："这毕业关，还真难过嗬！"小平头回忆道：恍恍惚惚中，参加工作的第二年遇上了一位才貌双全的女助手，此人很善解人意，彼此灵犀相通，小平头多次向她求爱，但她就是不明确答复。眼见情敌是越来越多，小平头遂决定"先下手为强"，强暴了她——于是，灾祸从天而降，最终身陷囹圄。直到听见一飘然而至、鹤发童颜的老者反复唠叨"你呀你，亏就亏在——看到的，就当作自己的"以后，才清醒过来。

矮胖子听完小平头的"失足"经历后，取笑道："区区一个'色'字都战胜不了，还算是大丈夫吗？"

于是，矮胖子利索地将 E 波头盔戴到自己的头上，然后坐到鉴定椅上，向瘦高个叫道："开始吧！"

瘦高个轻哼了一句："预备，开始！"并按了一下"赖得"键，立时，矮胖子脑袋上的 E 波头盔又环起三圈光亮的闪耀彩带，只见电脑屏幕上的分数从 0 开始逐渐递增。

当"分数"缓慢地跳过"29"时，瘦高个与小平头都不由自主地叫了一声："哇噻！"

然而，矮胖子虽然过了"29"这道坎儿，却在"41"这道坎儿上栽倒了！当电脑上的分数升至"41"时，矮胖子也惨叫了一声——昏过去了！

瘦高个按了一下"还原"键，五分钟后，矮胖子恢复神智，脸色青白地摇了摇头："只过了'色'关，却过不了'财'关，难道真的是——鸟为食亡，人为财死？！"矮胖子回忆道：朦朦胧胧中，自己就进了银行工作，每天经手的现钞可谓不计其数。天长地久后，终于发现，贪污公款、挪用公款的机会多得很。只要多操点心，割点"野草"，犹如囊中取物一般。正由于"来得容易"，所以"去得也快"。且贪心如洪水泛滥，一发而不可收拾！于是，人从云端堕落并不需要多长时间。直到听见一和尚反复念叨"你呀你，亏就亏在——摸到的，就当作自己的"以后，才醒悟过来。

瘦高个听完矮胖子的"堕落"史后，并没有取笑矮胖子，叹道："人能跨过'色'关和'财'关，离君子也就不远了！不知我的内功如何，今晚让自己了解了解！"

瘦高个果然"高人一等"，他不但轻松过了"29"关，而且平静地过了"41"关……然而，他最终却没能过"60"——这一毕业鉴定的"合格"关。当电脑上的分数显示为"53"时，瘦高个也惨叫了一声——昏过去了！

瘦高个回忆道：他是在政府机关坐了十五年冷板凳，眼见平辈同事一个个不论品德、才学皆升官走了，最终只剩下他一个老童生坚守老岗位。这一年，忽地空缺了一个办公室主任，瘦高个想来想去，此位子是非他莫属，于是暗暗高兴。没想到，最终却让一个乳臭未干的上岗不到半年的黄毛丫头给挤了，气得瘦高个心脏病连升三级！直到听见一老年痴呆症患者反复念叨"你呀你，亏就亏在——想到的，就当作自己的"以后，才慢慢回过神来。

五天后，红楼神堡爆出一大新闻，留学红楼神堡的君子国公民有三人通过了E波超级人生模拟器的毕业鉴定，三人得分分别是：60分、61分、64分。这是五百年来君子国高才生留学红楼神堡的第一批跨过"看到的"、"摸到的"、"想到的"三大坎儿的正式毕业生。

病 毒 美 妙

红楼神堡真是一个神秘的地方。说其神秘，是因为到红楼神堡走动过的人竟无一例外地变得健康、漂亮起来！为此，患上绝症的有钱人便纷纷涌向红楼神堡，以致神堡内人满为患，平民百姓根本无缘进去。

神堡内消费极高，以秒计费，进内疗养的价格是每秒钟 88888 元。据回来的人说，神堡尽管神秘，但里面的景物好像毫无特殊之处，似乎还比不上东方大国——中国的江南普通乡村。然而，有一点是公认的，那就是神堡内的音乐格外动听迷人。不管是世界级音乐大师，还是根本不懂音律的"乐盲"，都有相同的感受。听到那音乐，任何人都立感全身舒坦，似乎所有细胞都被清洗过，觉得"此曲只应天上有，千金难买寸光'音'"！

奇怪的是，红楼神堡绝不出卖音乐唱片，也绝不与人探讨有关音乐的任何话题。这就更加增添了神堡的神秘性。

多来米博士决心解开红楼神堡之谜，他变卖了祖宗留传给他的全球第八大财团的所有财产，潜入神堡，用重金收买了分管音乐的内务部部长的助手……结果是——多来米博士不但没能揭开神堡之谜，反而因事败露而被神堡人强行注入一种代号为 CF 的病毒后驱逐出来。离开神堡后的多来米博士，可谓度日如年，由于体内病毒的作怪，他睡不好觉，吃不好饭，备受煎熬。世人虽十分同情他，但皆爱莫能助，因为人们根本不知道何种药物可对付 CF 病毒。

常言道，苦难是人生的一笔财富，苦难是成功的阶梯。此话一点不假。经受30 年非人生活之苦的多来米博士终于化苦为甘，修成正果——他通过孜孜不倦地研究自己体内的 CF 病毒后发现，CF 病毒能发射超级音乐电磁波！也就是说，CF 病毒是一件超级音乐发生器。多来米博士利用超能计算机模拟出 CF 病毒所发射的超级音乐后发现，其乐理特性与功能跟红楼神堡内的音乐相同。多来米博士正是利用自己的研究成果治好了自己的病。

消息传出，全球震惊！据多来米博士及众多追随者的进一步研究后发现，世上任何病毒都能发射超级音乐. 并且对人类危害越严重的病毒，其音乐品质越高。也就是说，艾滋病毒的音乐品质高于乙肝病毒的音乐品质，乙肝病毒的音乐品质高于肺结核病毒的音乐品质，肺结核病毒的音乐品质又高于流感病毒的音乐品质……

多来米博士的小学教师方正点先生得知往日差生如今取得惊世成果后，欣喜不已。方先生清楚地记得，多来米小时候常以损害庄稼、杀戮小生灵、欺压弱小同学为乐，是一名令家长、老师、邻居、同学十分头痛的差生。先前闻知多来米受 CF 病毒折磨之苦，方先生还以为是其幼时作恶太多所得的报应呢！兴奋一个月后，方先生忽地想到一件可怕的事：红楼神堡会不会是病毒的制造场所？病毒发射超级音乐会不会是神堡人秘密研制的成果？以牺牲人类健康为代价而给自己取乐享受会不会是神堡人的职业？

方先生的"忧虑"见报后，国际刑警立即采取行动，查抄红楼神堡。然而，意想不到的是，红楼神堡却早已人去楼空，其居民也神秘地失踪了。

驱逐阿拉西

地球上最后一名以杀人为事业的恐怖分子阿拉西终于被驱逐出地球村了。宇宙飞船在将阿拉西载往孤寂荒芜的冥王星的途中，却发生了故障。无奈，宇宙飞船只得中途迫降在一颗名叫北方郎崽的小行星上。

想不到的是，只有 96 平方公里的北方郎崽小行星竟是一方迷人的世外桃源，上面除了没有动物外，却是树木葱茏，百花斗艳，空气格外清新之处所。走出飞船，阿拉西忽地发现眼前有一个被陨石撞击而成的圆形大湖，只见湖水清澈见底，似乎还隐隐地透着一股幽香。

身心俱疲、万念俱灰的阿拉西忽然觉得应该认真地洗一个澡，然后找个好地方了结自己的性命。他觉得，如此孤苦寂寞地活着，没有一点人生乐趣，还不如痛痛快快地死去！

洗完澡，阿拉西顿觉心旷神怡，竟陶然地躺在湖边不想自杀了，不久，便迷迷糊糊地睡着了。

忽然，阿拉西被一阵嘈杂声惊醒，睁眼一看，在他洗过澡的湖上竟然神奇地出现了数不清的娃娃，他们不但个子都像七八岁的孩童，而且相貌也惊人地相似！

阿拉西被惊呆了。

说也奇怪，这些孩童见风就长，半晌工夫，便与阿拉西的个子差不多了，且相貌也跟阿拉西一模一样。

阿拉西终于明白，他刚刚洗过澡的这个湖便是神话传说中女娲娘娘造人时用过的克隆湖。原来，他在洗澡时脱落的活体细胞在富含营养的湖水中迅速发育、生长……

阿拉西惊喜地发现，这些克隆人尽管很相似，但也有些微不同之处，有的额头稍宽，有的耳朵稍大，有的鼻子稍高，有的嘴唇稍厚，有的手指稍粗，有的脚掌稍长，有的……毕竟世上不会有两片完全相同的树叶。

阿拉西认为，额头稍大者是他的额细胞发育而成的，鼻子稍大者是他的鼻细胞发育而成的，四肢较长者是他的肢细胞发育而成的……于是，阿拉西将这些克隆人召集起来，按出身地位高低任命大量官员：头部细胞发育而成的，任一品官；颈部细胞发育而成的，任二品官；胸部细胞发育而成的，任三品官；腹部细胞发育而成的，任四品官；胳博细胞发育而成的，任五品官；手掌细胞发育而成的，任六品官；腿细胞发育而戈的，任七品官……

仅脚部细胞发育而成的，为平民百姓。

阿拉西则自然而然地做起了皇帝。

做了皇帝的阿拉西，每天除了听克隆人山呼万岁以外，还有一个巨大的烦恼困扰着他，这烦恼便是克隆人虽然形体与他极为相似，思想却跟他并不一致。随着时间的推移，越来越多的克隆人开始不服他的统治，认为大家基因都相同，应该一律平等。

为了维护皇位，阿拉西专门成立了专政机关，一是把克隆湖据为己有，作为他天经地义地高人一等的资本和不断扩充他臣民的源泉；二是大量残杀反对党，稍有异议者便遭杀戮，白色恐怖笼罩整个北方郎崀。此后，阿拉西的主要精力便花在"统一思想"与查处"异己分子"上。

阿拉西还创立了"咩咩教"。大力宣扬"受苦崇高"、"残缺圣美"论——他首先带头割去自己的耳朵，并规定："一品官者挖去左眼，二品官者挖去右眼，三品官者割掉鼻子，四品官者切除上唇，五品官者切除下唇，六品官者裁掉左手，七品官者裁掉右手。"因此，在阿拉西统治下，官民泾渭分明，面容不周正者定是王侯将相，肢体残疾者必是下等官吏，不缺不残者乃是平民百姓。

有的人在虚荣心的作祟下，竟私自割去耳朵，结果被作为"谋反"的证据而处以极刑。那些自毁其容者，均因"假冒官员，妄图破坏社会秩序"之罪而受到惩处。只可怜那些因天灾人祸而致残者白白丢了性命（"咩咩教"竟然禁止平民追求"圣美"，真是可笑）。

阿拉西在北方郎崀小行星上的行为被监视卫星传回地球村后，地球村上的克隆业便得到了飞速发展，有钱人圆一回皇帝梦成为消费时尚。

正当地球村进入"皇帝时代"时，一个惊人的消息从北方郎崀小行星传到地球，阿拉西被最宠信的心腹大臣阿拉西二世赶下了台。在这次政变中，49万克隆人遭到清洗。终于，阿拉西被他的克隆人押送到冥王星里去了。

新城市牛皮癣

　　自从金市长的千金妙妙出了车祸以后，金市长家的新闻接连不断。那天，妙妙与新婚夫可可驾着一辆宝马车去野外秋游，不料，途中被大卡车撞了一下。肇事者趁妙妙与可可昏迷之际，逃之夭夭。

　　等可可苏醒后，可可发现自己除了左手臂断了外其余完好，而开车的妙妙虽不见明显的外伤，却仍不省人事。可可挣扎着爬出车外，拼命呼救。然而，漫漫荒野，绵绵大道，一时竟不见一个人影。可可找出手机向110报警，竟不知自己身在何处！原来，每次外出游玩，可可都只有跟随的份儿！

　　不知过了多久，可可终于拦住了一辆过往的马车。可可将身上所有的钱都掏给了车夫，终于，车夫将可可与妙妙送进了医院。

　　也是妙妙命不该绝，虽然耽搁了时间，然经"超然"医院两个多月的精心医治，最终还是死里逃生了。不知是着了什么魔，在医院里，睡梦中，妙妙总是不断地呼唤着车夫吴嘹的名字。天天如此，弄得一直带伤守护着妙妙的可可既恼火又伤心，既尴尬又无奈。

　　谁也想不到，出院后，妙妙做的第一件事是去法院与可可离婚，第二件事是"一定要嫁给车夫"。人们都惊呆了——那车夫可是一个穷得叮当响的乡巴佬，家里除了一口铁锅是像模像样的以外，连一副完整的床板都没有，何况那车夫又是一个早已错过谈婚论嫁时光、弓着背、满脸长着蛤蟆皮、年龄比妙妙的父亲金市长还大一岁的老头！

　　于是，妙妙与车夫一下子成了全市人街谈巷议的主题！听人说，妙妙多次直言不讳地告诉人们：不知怎么的，她离不开车夫，每天晚上都梦见车夫！要她离开车夫，真不知如何过日子！

于是，大家都相信了"缘分"，相信了"爱神"的魔力！

有道是，一家欢喜一家愁。从天而降的"林妹妹"让老车夫"喜出望外"，却令金市长一家处于水深火热的境地。金夫人终于经受不住残酷现实的煎熬，原先得以控制的脑瘤迅速增长，没过几天，不得不住进了"超然"医院。

令人不可思议的是，三个月后，金夫人在生命垂危之际，每每在睡梦中总是不断地呼唤着一个人的名字——这个人既不是丈夫金市长，也不是女儿妙妙，而是令金市长一家从天上坠落到地上的车夫吴嘹！

无奈，金市长不得不放下臭架子，允许"女婿"吴嘹到医院服侍金夫人。

金夫人让车夫吴嘹抱着她，竟然当着金市长的面，说道："你这个冤家，不知用了什么魔法迷住了妙妙？还让我活受罪。害得我每天夜里，一进入梦乡，就见你飘然而来，带着我神游浩瀚的太空，快乐无比！以前，我可从没做过这么多、这么舒畅的梦。难道你真的是神仙下凡？妙妙如果不是我自己的亲生女儿的话，我还真的要与她抢老公呢！"

这铁石之音，竟成了金夫人最后的遗言！于是，金夫人的遗言像洪荒时期的洪水一样很快涌入千家万户。一周后，金市长被人送进了精神病医院。

三个月后，妙妙与车夫离婚。

四个月后，妙妙又与车夫复婚。

九个月后，妙妙又与车夫离婚。

十一个月后，妙妙又与车夫复婚。

一年后，"超然"医院的胡仑博士在红楼神堡秘密宣读论文《人类神圣的爱情由梦构成》。胡仑博士披露，妙妙与车夫的婚姻全是他操作控制的。妙妙出车祸在"超然"医院治疗期间，胡仑博士悄悄地将一枚只有芝麻大的"爱之神"梦幻发生器植于妙妙的右耳轮上，使妙妙每夜梦见车夫，与车夫一起驾着马车遨游鲜花遍野的大地和广阔无垠的太空，惬意无比。长期的、重复的、美妙的梦境，使妙妙以为神圣的爱神降临，从而冲破层层世俗的封锁，与车夫结为夫妻。关掉梦幻发生器后，美梦就不会出现在妙妙的梦里，妙妙就无法忍受现实的残酷，就与车夫离婚。反复多次的实验证明，神圣的爱情仅仅是一个美梦而已。

　　胡仑博士还透露，他还在他的初恋情人——金夫人的身上安装了"爱之神"梦幻发生器，其效果也令人非常满意。胡仑博士说，人类的精神生活大部分在梦里完成。世上几乎无人能够抗拒同一梦境多次重复所累积的力量。人，很容易被虚幻的梦所征服。

　　一个月后，正当胡仑博士在红楼神堡申请"爱之神"梦幻发生器的发明专利时，妙妙的前夫可可带着警察将其逮捕，其罪是"非法侵入他人梦境"，致使金市长家破人亡。

　　五个月后，因初恋失败而终身未娶的胡仑博士神秘地在看守所失踪。

　　三年后，"让美梦成真"的包办婚姻广告成了新的"城市牛皮癣"。

天 地 玄 黄

刚刚做完"鸡蛋孵出河蚌"实验，阿拉米教授一脸满足和惬意，很悠然地掏出蓝色丝帕，象征性地在自己的鼻子和下巴上轻轻擦了擦，而后，很绅士地用右手画了一个"起"的手势，其意是鼓励第一批七十二名到红楼神堡留学的地球人的发问。

达尔文从最后一排的座位上站了起来，虽然被凳子撞痛了胫骨，仍勇敢地走上讲台。

达尔文将捂了许久嘴巴的白色丝帕递给阿拉米教授，告诉大家："刚才看了实验后，笑掉了一枚大牙！真没想到，阿拉米教授居然用魔术当作科学！"

阿拉米教授不辩不恼，他用不锈钢镊子夹住达尔文的牙齿，用清水冲洗掉血污，把牙齿放入透明的玻璃烤杯中，而后倒入淡黄色的溶液，搅拌一阵子——达尔文的牙齿很快就被完全溶解了。

阿拉米教授把溶有达尔文牙齿的淡黄色液体，滴入一只刚刚从鸡蛋里孵出的河蚌体内，然后与另一只没有滴入溶液的河蚌一起放入"九级缩时培养仪"中……不到两分钟，实验结果就出来了：剖开两只河蚌发现，滴入溶液的这只河蚌身上结出了六十八颗黄豆般大小、光彩夺目的珍珠，没有滴入溶液的那只河蚌身上一颗珍珠也没有。

阿拉米教授问大家："这些珍珠是怎么来的？是河蚌进化的结果吗？"

达尔文涨红了脸，说道："有杂质侵入河蚌体内，才有珍珠产生，这跟进化无关！"

阿拉米教授在黑板上写下了"杂质"、"珍珠"四个大字。

然后，又开始做实验。这回，阿拉米教授把鸡蛋先放入酱色溶液中泡了二十五秒，而后放入"九级缩时培养仪"中，很快，一个从来没有见过的怪物被孵化出来。

这只怪物，虽然像鸡，却全身长着像穿山甲一样的鳞，它的叫声也很奇特，像婴儿的哭声。

达尔文大声叫了起来："悲惨啊，这是严重的环境污染造成的怪物啊！"

阿拉米教授招呼两名学生与达尔文一起，共同对这个新怪物进行基因分析。

结果显示，新怪物与鸡的基因相同率高达 99.998%。

通过实验，阿拉米教授告诉大家：畜生、鸟类、鱼类与我们人类的基因绝大部分是相同的，人与苍蝇的基因相同率也超过 98%……因此，我们只要用"鸡蛋＋杂质"的方法就能培育出各种动物，关键是找对"杂质"的类型和数量！

这是一种完全颠覆"进化论"的理论，达尔文闻听后，很快气促胸胀，口吐鲜血，被送往医院抢救。

达尔文离去后，课堂气氛明显轻松了。阿拉米教授说："杂质进入河蚌体内，产生珍珠；杂质进入纯净的硅晶体内，产生了晶体管，从而人类拥有了电子计算机；杂质进入生物体内，可以改变遗传基因……"他建议今后把"杂质"改称为"玄真"，以改变人们对灵异因素的偏见。其实，世上许多奇迹都是由"杂质"创造出来的。

课后，阿拉米教授陪同大家参观红楼神堡的动物园，这是一座全部采用"鸡蛋＋玄真"方法培育出动物来的动物园。

走着走着，我突然被阿拉米教授的美女助手撞了个趔趄，只见她像饿虎扑食般地向正在清理垃圾箱的环卫工人冲过去……

阿拉米教授得意地告诉我们：他的美女助手正是用"鸡蛋＋玄真"方法培育出来的，现在仍保留着"见到垃圾就冲"的鸡采食生活习性……不过，三四秒钟后，她就会"清醒"过来。

干菜怎样算炒熟了

爷爷 99 岁那年，尽管耳朵早已聋了，手脚也不灵便了，但还没有哑。

寿宴那天，儿孙辈共 46 人全部到齐。泱泱大家，应约相聚，无人闹别扭，无人摆架子，无人耍花招，这还是头一遭，虽然三叔是以"病假"名义回家，四姑丈、五表哥是"出差"路过而到家的。在这物质日益丰富，要吃有吃，要穿有穿，要花有花，要命却不一定有命，想活却不一定能活的今天，大约都是想讨个吉利、沾点长寿之光才如期而来的吧。

爷爷很高兴，见到人总要抓住说几句。可是我们谁都不愿跟爷爷说话。原因很简单，爷爷除了长寿之外，就没有一样东西能引起我们的兴趣。

"耳朵聋起来，还不甘寂寞！"不管是在爷爷面前还是在爷爷背后，我们都这样说爷爷。

反正爷爷听不见我们讲些什么。如今这年月，连我们年纪轻轻的人都需"换脑筋"后才赶得上形势，爷爷那鹅卵石般的脑袋能孵出我们感兴趣的东西吗？如今这年月，同床共枕的夫妻都不一定有共同语言，何况与上世纪的遗民对话。然而，爷爷却很顽固，只要能被他抓住的人，他总要说个不停。于是，我们都有些害怕，生怕被爷爷缠住。尽管我们都是来为爷爷做寿的，尽管我们谁都没有少讲话。

其实，爷爷讲的话很简单，那就是："干菜怎样算炒熟了？"不管抓住谁，爷爷总是反反复复地说这一句话。我们谁也没有回答。在爷爷面前，谁都只会笑嘻嘻地一个劲儿地点头。自从爷爷耳朵聋了以后，我们在听爷爷讲话时都学会了一个劲儿地点头，不管爷爷在说啥。爷爷问得累了，一不小心被抓住的人就会溜走。于是，我们都说："爷爷老昏了，看来快了！"

吃了一个世纪的干菜，居然连干菜怎样算炒熟了也不知道，这不是白活了吗？活这么久又有什么意义？早该死了。

爷爷做完寿第五天便悄悄去世了。于是，那些在爷爷做寿那天讲过"爷爷老昏了，爷爷快了！"的话的人便如发现新大陆的哥伦布，中了20万元大奖的穷光蛋般兴奋。爷爷去世了，谁也没有为爷爷流过眼泪。每每爷爷的儿孙们聚在一起，想起爷爷，总免不了戏言"干菜怎样算炒熟了"。看他们那眉飞色舞的表情，似乎只有爷爷才不解这世上最简单的问题。

不幸的是，爷爷的基因在我身上保留得最多，退化得最少，进化得最慢。爷爷去世10年了，"干菜怎样算炒熟了？"我却始终没有搞清楚。我也不敢对人发问，生怕别人也说我："老昏了，快了！"尽管我像初八九的月亮，还没有蓄满一身血肉。

此后，每每见到母亲、妻子在炒干菜，我便躲在一旁全神贯注地观察，总想弄清楚爷爷留下的问题。然而，我却一直没有得出能说服我自己的答案。我真担心，会不会像爷爷一样，到死也不知道干菜怎样才算炒熟了呢？难道我也要等到耳朵聋了，听不到别人说三道四时再去问人家"干菜怎样才算炒熟了"吗？

爷爷留下的问题，实在太折磨人了。

牙　祭

这故事是我爸跟我说的。

我爸当生产队的出纳时，有一位叫李三更的小后生到我爸处支钱，说是奉队长之命要去供销社买 550 斤氨水。

我爸要他写一张"条子"，他马上照办了。

我爸接过"条子"一看，竟当场笑掉了两颗大牙。原来李三更将"550 斤"写成了"50050 斤"。

想不到的是，两年后我爸也经常将"550 斤"写成了"50050 斤"。不过，我爸的写法却没令人笑掉过牙齿。

从那以后，我爸便步步高升，官运亨通，且至今不衰。

我爸常说："掉了两颗大牙很值得！"

病 毒 效 应

TKKT超级病毒席卷全球后，许多人深受其苦。被感染者的全身皮肤都被"蛤蟆化"，且奇痒难忍，不能穿戴任何衣裤。用手搔痒，一抓一个水泡，不但止不了痒，反而使病情加快蔓延。全球科学家虽通力合作，日夜加班，苦战三年，却仍未研制出有效药物。

当世界上有30%的人被感染TKKT病毒后，地球村的村长高米耳先生也未能幸免于难，人们急急将他送入刚刚降临的特级医院——红楼神堡。

红楼神堡是牛尔多星球人为援助地球人克服TKKT病毒而派来的一艘飞船。

全身赤裸的高米耳先生，很快被红楼神堡的医生安置在一台T型超级治疗仪前。这台治疗仪初看就是一台普通的电脑，只是键盘上没有操作键，而是两只手掌的模型。医生要高米耳先生把十个手指一一对应地按住模型……

只见屏幕上立时出现了一份病情报告：全身皮肤被感染程度为6.13%，主要病区是前胸部、手臂、大腿；痛痒度为最大承受能力的8.16%；自身人体免疫功能发挥率为53.86%；病情发展趋势为：3小时后，胸部感染区面积将增加6.14%，手臂感染区面积将增加8.04%，大腿感染区面积将增加4.11%……

一向对科学迷信的高米耳听清楚红楼神堡的医生所介绍的"治疗方案"后，几乎晕了过去。他原以为神堡内的药物异常丰富、灵验，没想到神堡内根本没有药。医生告诉他，对付超级病毒，世上所有的药物都只是安慰剂，根本起不了实质性的作用。给人服药，是低档次的医院既谋人钱财又误人性命的肮脏行径。这种缺德的勾当，牛尔多星球人从来不干。当然，牛尔多星球人并非不讲科学，反而很崇敬科学，否则，他们的飞船怎能自由穿梭于银河系？医生说，他们的医学研究证明，对付超级病毒，真正的药物每个人都有——人体是大自然的杰作，最高级的医生和药厂就是人体内的免疫细胞与免疫系统。每个人只要将自身的免疫功能提高到80%的工作效率状态，任何病毒、病菌都成了纸老虎。这一发现，正是牛尔多星球人崇尚科学的成果。

不打针，不吃药，要完全依靠自己的体能战胜病魔，这不是返回到原始社会了吗？高米耳禁不住大声责问医生。

医生仍笑眯眯地对高米耳说，科学总是按螺旋式上升的方式发展的。有时好像回到了原始，但实质上已经发生了变化。原始人不但不知道自身机体有免疫功能，更不知如何调整自身机体的免疫功能。红楼神堡的科学家发现，良好的心理状态是调整人体免疫功能效率的唯一钥匙。为此，红楼神堡的科学家还专门发明了一种能随时检测人体免疫功能效率的仪器——T型超级治疗仪。

高米耳闻言，不禁暗暗叫苦，口若悬河的骗子见得多了，如今定是上错了"贼船"。正在如此胡思乱想、心情格外沮丧之时，仪器警报声不断，画面上出现了"关羽败走麦城"的情景，人体免疫功能效率值显示栏中出现红色闪烁字样：48.3%。特别提醒栏中出现：原3小时后出现的病症将提前126.8秒出现。

真是神验！高米耳病情的变化果如预测的一样。在残酷的事实面前，高米耳不得不屈服于科学的力量，变成了一只被驯服的绵羊。他终于不折不扣地按照医生的建议调整心态。当他将自己的心态调整到"蒙娜丽莎的微笑"的状态时，T型超级治疗仪跳出了欢快的乐曲，免疫功能效率值显示栏出现：79.3%！这接近80%的免疫功能效率值，意味着高米耳将完全恢复健康！

奇迹出现，三个月后高米耳成为全球第一个完全依靠自身免疫功能战胜TKKT病毒的人。

然而，令高米耳痛心的是，服惯了药、打惯了针的地球人，有98.73%的人不肯接受这种不服药不打针的宁疾办法，而是病急乱投医，耽误了最佳治疗时间。结果是，多数地球人被TKKT病毒感染，人群中随处可见一张张凹凸不平、长着癞蛤蟆皮肤的人。红楼神堡飞船对执迷不悟的地球人失去了耐心，自行飞走了。

在高米耳的不懈奔走呼号下，全球科学家经过8年的科技攻关，人类自己制作的 T 型超级治疗仪器终于问世。

只要调整好心态，就能使人体免疫功能的效率提高。人体免疫功能效率提高到 80% 以上，任何病毒、病菌都成了纸老虎！随着越来越多的"蛤蟆人"恢复正常，一个令人十分尴尬的事实出现：高米耳的秘书、二奶，是靠"不断偷窥他人隐私"而提高人体免疫功能的；高米耳的夫人是靠"不停地诅咒别人"而恢复健康的……世上只有 3.7% 的人是靠"微笑"调高自身免疫功能的，却有 2.5% 的人是用"无事生非"、"挖苦他人"、"诽谤他人"的办法调好心态的，另有 17. 2% 的人是用"哭闹"、"耍赖"的办法恢复健康的，更有 0.61% 的人是用"放火"、"抢劫"、"偷盗"、"谋害他人"的手段恢复人样的。

可怜的是，还有 46. 9% 的人始终不愿或不敢找出自己的"健康因素"，从而永远失去了人的形貌。

有人建议，用 T 型治疗仪作为选拔地球村各级干部的重要工具，于是，一场比 TKKT 病毒更大的风波席卷全球各地……

小山村的眼睛

离南华商城约七八里远的地方，有座名唤双乳峰的小山。

山脚的南面有排小村庄。

村子不大，只有三百来户人家。

该村的东南和西南方各有一座特别显眼的五层现代化楼房。

由于该村其余的楼房都是没有超过三层的，所以这两座五层楼房就犹如鹤立鸡群。

两座楼房的主人都是足以令该村的每位村民激动的人。

因为该村有两大姓。村东姓沈，村西姓金，改革开放以来，两大姓中都出了一位县太爷。也就是该村两座五层楼房的主人。

两座楼房却也颇有故事。

村东沈太爷的房是一九八〇年开始建造的。前后共建了五年。每建一层，沈太爷的官职便下降一级。等房屋建好，沈太爷也便由"父母官"沦为平民了。

村西金太爷的房是一九九〇年开始建造的。前后也建了五年。可金太爷开始建房时，他仅仅是市府办的一名汽车（当然是小车类的）驾驶员。每建一层，他就升职一级。等到五层楼房建好，他的官职也便升到县长了。尽管是个副职，可人们习惯上总是将那个令人忌讳的"副"字，悄悄地含在自己的口中。

如今，沈太爷已经退休在家。除了抱抱孙子以外，还将村里的老年协会搬到家里来。用他自己的话说，就是："反正房子空着没用"，"为官一任，造福家乡乜是常理。"

是故，沈太爷的家被人称为："秋月春风院"。沈太爷被人唤为："月风老人"。

如今，金太爷是该县的一名常务副县长。他工作很忙，很少回家。

不过，家乡的人常常能在电视里见到他。他家的五层楼房，只有他老母一人独居。但是，他的老母也并不寂寞。因为几乎每天都有开着轿车、骑着摩托车的人来看望她。

村民将金太爷家的五层楼房取名为："喜相逢堂"，将金太爷的老母呼为："喜相逢太夫人"。